捨得

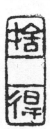

捨得 捨不得

帶著金剛經旅行

文字 攝影 書法
蔣勳

自序

捨得，捨不得——帶著金剛經旅行

我有兩方印，印石很普通，是黃褐色壽山石。兩方都是長方形，一樣大小，〇・八公分寬，二・四公分長。一方上刻「捨得」，一方刻「捨不得」。「捨得」兩字凸起，陽朱文。「捨不得」三個字凹下，陰文。

兩方印一組，一朱文，一白文。

當初這樣設計，大概是因為有許多「捨不得」吧——許多東西「捨不得」，許多地方「捨不得」，許多時間「捨不得」，許多人「捨不得」。

有時候也厭煩自己這麼多「捨不得」，過了中年，讀一讀佛經，知道一切難捨，最終還是都要「捨得」；即使多麼「捨不得」，還是留不住，也一定要「捨得」。

刻印的時候在大學任教，美術系大一開一門課教「篆刻」。「篆刻」有許多作業，學生臨摹印譜，學習古篆字，學習刀法，也就會藉此機會練習，替我刻一些閒章。詢問我說：

想刻什麼樣的印。

我對文人雅士模式化的老舊篆刻興趣不大，要看寧可看上古秦漢肖形印，天真渾樸，有民間百姓的拙趣。

學生學篆刻，練基本功，把明、清、民國名家印譜上的字摹搨下來，畫在印石上，照樣下刀刻出形來。這樣的印，大多沒有創作成分在內，沒有個性，也沒有想法，只是練習作業吧，看的人也自然不會有太多感覺。

有一些初學的學生，不按印譜窠臼臨摹，用自己的體會，排出字來，沒有師承流派，卻自有一種樸實稚拙，有自己的個性，很耐看，像這一對「捨得」、「捨不得」，就是我極喜愛的作品。

刻印的學生姓董，同學叫他Nick，或暱稱叫他的小名阿內。

替我刻這兩方印時，阿內大一。師大附中美術班畢業，素描底子極好。他畫隨便一個小物件，自己的手，鑰匙，蹲在校園，素描一朵花，可以專心安靜，沒有旁騖，像打坐修行一樣。作品筆觸也就傳達出靜定平和，沒有一點浮躁。

在創作領域久了，知道人人都想表現自我，生怕不被看見。但是藝術創作，其實像修行，能夠安靜下來，專注在面前一個小物件，忘了別人，或連自己都忘了，大概才有修行藝術這一條路的緣分吧。

阿內當時十八歲，書法不是他專攻，偶然寫泰山《金剛經》刻石，樸拙安靜，不露鋒芒，不沾火氣，在那一年的系展裡拿書法首獎。評審以為他勤練書法，我卻知道，還是因為他專注安靜，不計較門派書體，不誇張自我，橫平豎直，規矩謙遜，因此能大方寬闊，清明而沒有雜念。

藝術創作，還是在人的品質吧，沒有人品，只計較技術表現，誇張喧譁，距離「美」也就還遠。弘一大師說：「士先器識，而後文藝。」也就是這意思吧。

阿內學篆刻，有他自己的趣味，像他凝視一朵花一樣，專注在字裡，一撇一捺，像花蕊宛轉，刀鋒遊走於虛空，渾然忘我。

他篆刻有了一點心得，說要給我刻閒章，我剛好有兩方一樣大小的平常印石，也剛好在想「捨得」、「捨不得」的矛盾兩難，覺得許多事都在「捨得」、「捨不得」之間。就說：好吧，刻兩方印，一個「捨得」，陽朱文，一個「捨不得」，用陰文，白文。心裡想，「捨得」如果是實，「捨不得」就存於虛空吧，虛實之間，還是很多相互的牽連糾纏吧。

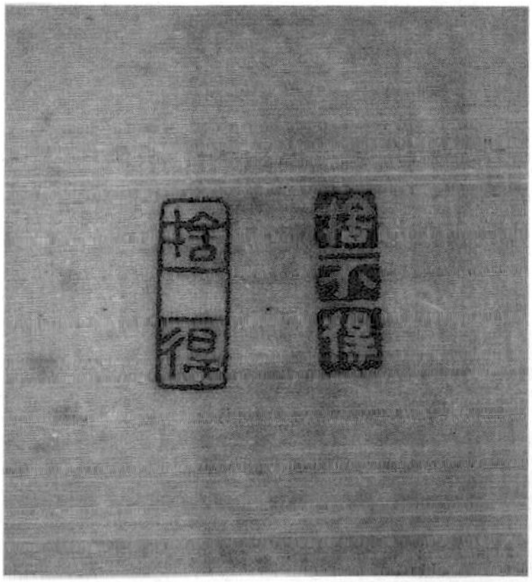

這兩方印刻好了，有阿內作品一貫的安靜知足和喜悅，他很喜歡，我也很喜歡。以後書畫引首，我常用「捨得」這一方印。「捨不得」，卻沒有用過一次。

有些朋友注意到了，就詢問我：「怎麼只有『捨得』，沒有用『捨不得』？」

我回答不出來，自己也納悶，為什麼兩方印，只用了「捨得」，沒有用「捨不得」。

阿內後來專攻金屬工藝，畢業製作做大型的銅雕地景，搥打鍛敲過的銅片，組織成像蛹、像蠶繭，又像遠古生物化石遺骸的造型，攀爬蟄伏在山丘曠野、草地石礫中，使人想起生之艱難，也想起死之艱難。

大學畢業，當完兵，阿內去奧勒岡專攻金屬藝術，畢業以後在舊金山有工作室，專心創作，也定期在各畫廊展覽。

二〇一二年，他忽然打電話告訴我，說他入選了美國國家畫廊甄選的「40 under 40」——美國境內四十位年齡在四十歲以下的藝術家，要在華盛頓國家畫廊展出作品。

阿內很開心，覺得默默做自己的事，不需要張揚，不需要填麻煩的表格申請，就會被有心人注意到。

我聽了有點感傷，不知道阿內這樣不張揚的個性，如果留在台灣，會不會也有同樣機會被發現。但我沒有說出來，我只是感傷地問：阿內，你快四十了嗎？
啊，我記得的還是那個十八歲蹲在校園樹下素描一個蟬蛹的青年啊。
所以也許我們只能跟自己說：「捨得」吧！
我們如此眷戀，放不了手，青春歲月，歡愛溫暖，許許多多「捨不得」，原來，都必須「捨得」，「捨不得」，終究只是妄想而已。
無論甘心，或不甘心，無論多麼「捨不得」，我們最終都要學會「捨得」。

捨不得

一位朋友喪偶，傷痛不能自持，我抄經給她，希望有一點安慰，她看到引首「捨得」這一方印，搖著頭，淚眼婆娑，萬般無奈，哀痛叫道：「就是捨不得啊！」
我才知道自己其實對人的幫助這麼小，每個人「捨不得」的時候，我究竟能做什麼？
多年來，習慣早上起來第一件事就先盤坐讀一遍《金剛經》。
有人問我：為什麼是《金剛經》？
我其實不十分清楚，只是覺得讀了心安吧，就讀下去了。

我相信，每個人都有使自己心安的辦法，方法不同，能心安就好，未必一定是《金剛經》吧。

《金剛經》我讀慣了，隨手帶在身邊，沒事的時候就讀一段。一次一次讀，覺得意思讀懂了，但是一有事情發生，又覺得其實沒有懂。

像經文裡說的「不驚、不怖、不畏」，文字簡單，初讀很容易懂。不驚嚇，不恐懼，不害怕，讀了這幾個字，懂了，覺得心安，好像就做到了。

但是，離開經文，回到生活，有一點風吹草動，東西遺失，親人生病，病疫流行，飛機遇到亂流，狂暴風雨，打雷、閃電、地震，——還是有這麼多事讓我害怕、恐懼、驚慌。

我因此知道：讀懂經文很容易，能在生活裡切實做到，原來這麼困難。

我因此知道，原來要一次一次讀，不是要讀懂意思，是時時提醒自己。像我喪偶的朋友一樣，該「捨得」的時候，捨不得，我也一樣驚慌、害怕、傷痛。

「不驚、不怖、不畏」，她做不到，我也都一樣做不到。

「不驚、不怖、不畏」，還有這麼多驚嚇慌張，還有這麼多「捨不得」，害怕失去，害怕痛，害怕苦，害怕受辱，害怕得不到，害怕分離，害怕災難，害怕無常。因為還有這麼多害怕，這麼多驚恐怖懼，每次讀到同樣一句「不驚、不怖、不畏」，每一次聽到、看到一個人因為「捨不得」受苦，就熱淚盈眶。

王玠

最早讀《金剛經》其實跟父親有關，大學時候，他就送過我一卷影印的敦煌唐刻本的《金剛經》卷子，我當時沒有太在意，也還沒有讀經習慣。

父親在加拿大病危，我接到電話，人在高雄講課，匆匆趕回台北，臨上機場前，心裡慌，從書架上隨手抓了那一卷一擱三十年的《金剛經》。十多個小時飛行，忐忑不安，就靠這一卷經安心。

忽然想到這一卷《金剛經》是大學時父親送我的，卻沒有好好仔細看過。原木盒子，盒蓋上貼一紅色籤條，籤條上是于右任的字，寫著：影印敦煌莫高窟大唐初刻金剛經卷子。

三十年過去，我一直沒有好好讀這一卷經，打開過，前面有趙恆惕的詩堂引首，「金剛般若波羅密經」幾個隸書，隔水後就是著名的咸通九年佛陀法會木刻版畫。這個卷子後來流傳到歐洲，許多學者認為是世界最古老的木版印刷，在印刷的歷史上是重要文件。我大概知道這一卷唐代木版刊印佛經的重要性，但沒有一字一字讀下去，不知道卷末有發願刊刻的人王玠的跋尾題記。

在飛機上讀著讀著，心如此忐忑不安，一次一次讀到「不驚、不怖、不畏」，試圖安心，「云何降伏其心」，原來如此難。

讀到跋尾，有一行小字：

咸通九年四月十五日王玠為　二親敬造普施

王玠為亡故父母發願，刊刻了這一卷《金剛經》，也祈願普施一切眾生。王玠，好像因為自己的「捨不得」，懂了一切眾生的「捨不得」。

飛機落地，帶著這一卷經，趕去醫院，在彌留的父親床前讀誦，一遍一遍，一字一字，「不驚、不怖、不畏」，一直到父親往生。

不驚不怖不畏

因為父親往生，因為王玠的發願，因為這一卷《金剛經》，彷彿開始懂一點什麼是「一切難捨」，許許多多捨不得，有《金剛經》的句子陪伴，一次一次，度過許多「難捨」的時刻。

或許因為王玠的發願，我也開始學習抄經，用手一個字一個字抄寫。抄寫，比閱讀慢，好像比閱讀可以更多一點刻骨銘心的感覺吧。

我看過許多手抄《金剛經》，明代董其昌，清代金農，近代弘一大師，都工整嚴謹。我知道自己做不到那麼好，無法那麼做到那麼恭謹，但很想開始試一試。

二〇一三年夏天去溫哥華，過東京，在鳩居堂買紙，看到專為手卷製作的「唐紙」，兩手指粗一捲，外面用紅紙封著。價錢不低，我想數量應該不少，用來抄一卷《金剛經》或許夠用。

到了溫哥華，打開來看，發現一捲裡只有兩張，極古樸的紙，托墨而不喧譁。但是兩張紙，抄寫不到四分之一，紙已用完了。

我噓一口氣，覺得遺憾吧，沒想到第一次發願抄經，就阻隔在紙不夠用，無法完成。隔幾天，讀經讀到「法尚應捨，何況非法」，啞然發笑，知道自己還有這麼多執著罣礙。看到有類似的紙，不那麼細緻，但是本意原是為「抄經」，就不想許多，把紙裁成長卷，紙色不同，質地也不同，接在一起，好像也不襯。但還是想為亡父母抄一次經，好像也不計較許多了。

每天抄一段，整卷經抄完，約八百公分長，回到台灣，交給清水蘇先生裝裱，讓他傷了腦筋，把紙色不一、質地不一的八張紙連接在一起，做成了一手卷。

捨得

第一卷《金剛經》抄寫完，覺得很開心，我因此習慣了在旅途中抄經。

二〇一三年年底，從東南亞去巴黎、倫敦，再回曼谷，一路又抄了一卷《藥師經》。因為要帶在身上走，因此選擇了可以在旅途中用的簡便工具，一錠小墨，一片很薄的硯石，一支大阪製的小毛筆「五十餘川」，都輕便不占空間。

多年前遊黃山，在山腳下一青年工房看到一片歙硯，黑色，沒有雕琢。粗粗一塊手掌心大的石片，稍經磨平，還留有石紋肌理，一端設一淺淺水盂。我喜歡這樣沒有雕飾的硯，彷彿隨時回到溪澗，還是一塊石頭，等待溪水迴盪。

製作的青年石工也喜歡，交給我時說：很輕，可以帶在路上用。沒有想到有一天我真的帶在路上用了。

通常，到一城市，進旅館房間，習慣先燒一截艾草。焚香，坐下來，在硯石上滴水，磨墨，開始抄一段經。抄完經，覺得原來陌生的房間不陌生了，原來無關的地方，空間、時間都有了緣分。像桌上那一方石硯，原來在溪澗裡，卻也隨我去了天涯海角。

清邁屏河邊有一小民宿，流水湯湯，一屋子都是婆娑樹影，很寬大的露臺。面對著河，大花紫薇和金急雨搖晃迷離，如天花亂墜，我就在花影中抄經。

無明

二〇一四年初，因為畫展，聯絡一位許久不見的朋友。我找她幫忙，不巧接到電話時，她剛從醫院出來，剛被醫師宣布眼疾瀕臨失明，要動一個危險性極高的手術。電話另一端，她的聲音喘息無助，旁邊都是車子喇叭聲。我知道此時無論怎麼安慰，說多少次「不驚、不怖、不畏」，其實無濟於事。

那幾天晨起誦經，心裡就想，或許可以順便錄音下來，給這位有失去視覺恐懼的朋友聽。如果失去視覺，我們還可以「聽」吧。

我找雲門郭遠仙，他是弄大舞台的，替我在家裡裝設簡便錄音器材，我可以自己操作。如此就連著幾天，錄了五、六個清晨的讀誦，交給有鹿文化的朋友剪輯整理。

我當時擔心我的聲音不夠清明安靜，想到京都永觀堂的鐘聲，曾經遠遠傳來，讓我在吵鬧街頭匆忙間忽然停下來，彷彿心裡有聲音呼喚，可以暫時放下身邊許多「捨不得」的焦慮。也剛好悔之有日本友人熱心，就幫忙錄了永觀堂鐘聲來，剪輯進去，聽的時候，有一聲聲的鐘聲迴盪，提醒我「捨得——」「捨得——」

《金剛經》錄好，原要把原聲帶交一份給為失明恐懼的朋友，她卻說，手術意外成功，奇蹟似地好了。我想，有這奇特因緣，心中有祈願，也就發行，普施給需要的人吧。

《金剛經》抄寫、讀誦，都有我不知道的因緣。

有鹿文化的煜幃費心幫忙很多，他去法鼓山找師父查證，我讀誦的《金剛經》是古高麗版本。

「啊，是嗎？高麗版本？」

我才想起，是啊，那一冊黑色封面古樸木刻刊印的《金剛經》，是多年前郝明義所贈，他與韓國是有淵源的。

我每次讀到刊刻人的名字「崔瑀」，有「上將軍」「上柱國」的爵位，封晉陽侯，卻沒有細想，原來是相當中國南宋末、元初的高麗史上重要的權臣。

查了一下資料，崔瑀似乎殺人無數，在政治鬥爭裡，他連手足親人也不放過。然而刊刻《金剛經》發願，他的願望是「破諸有相，共識真空」。

我讀《金剛經》，抄《金剛經》，漫漫長途，有多人護持，可知或不可知，都讓我一路走來，時時省思因果。

含笑

一路校稿，彷彿又再一次去了清邁無夢寺，再一次去了秋天楓林迷離璀璨的永觀堂。然而這次是草津了，在一大片落羽杉林間徘徊，即將白露，樹木梢頭、草叢間，都一片銀光迷濛，細看是針尖大的露珠，連成一片，讓我想到「白露為霜」的句子。但日出之後，處暑豔陽，白露也就一一消逝了。

許多詩句也都是季節的不捨吧，捨得，捨不得。

從草津回東京，只在上野停一晚，一清早到法隆寺寶物館看思維菩薩，看金銅敲鍛鏤空的頂幡，看了多次，還是捨不得。

上野美術館正辦台北故宮的國寶展，貼在大門口的海報，有汝窯溫酒的蓮花盌，有《寒食帖》，我相望一笑，想到四十年前跟莊嚴老師上課，可以一下午只看這一件書法，只看這一隻盌，好奢侈，但也覺得：看過了，也都可以捨得。

走進東洋館，展示櫃裡一卷《瀟湘臥遊圖卷》，這是近代跟《寒食帖》一起流到日本的南宋名作，當時歸菊池惺堂收藏。

一九二三年關東大地震，菊池在危難中從火場搶出兩卷書畫，一是《寒食帖》，另一件就是《瀟湘臥遊圖卷》。

《寒食帖》後來回歸台北故宮，《瀟湘臥遊圖卷》，留在日本，被定為國寶。

這是近代書畫史上著名的傳奇故事，這次《寒食帖》從台北去東京展，被定為「國寶」的《瀟湘臥遊圖卷》也因此展出，彷彿它們緣分未了，也是對惺堂先生捨命傳奇的紀念吧。

整個展場沒有太多人，我在《瀟湘臥遊圖卷》前徘徊流連，想到《金剛經》的句子：

「不可思議」，山水可以如此無礙，虛實牽連不斷。墨色可以如此淡如煙嵐，若有若無。留白可以如此潔淨空明，不著痕跡。小如孑蟻的人，小如粟米的房舍，細如髮絲的一線橋梁，我一一看過，也隨看隨忘，彷彿沒有看過。還是《金剛經》說的：「斯陀含，名一往來，而實無往來——」

惺堂先生當年捨命搶救的一卷畫作，就在面前了。第一次與這件名作相見，許多老師當年的敘述講解都忘了，許多看過的資料考證都忘了，許多高畫素的精細局部複製都忘了。原來「瀟湘臥遊」可以好到忘了一切瑣碎，不可考證，不可複製，就只有一卷，是要這樣素面相見。

沒有捨得，沒有捨不得。

走出美術館，寬永寺的鐘聲響起，不忍池裡夏末荷花搖曳，花瓣張開，露出巨碩蓮蓬，一粒一粒蓮子掉落池中，下一個春末還會生根抽芽吧。

高大銀杏樹叢裡有寒蟬淒切的聲音，高亢的嘶叫，到了尾音，總是哀婉如訴如泣，聲音拖得長長的，那麼多不捨，那麼多捨不得。

回台北之後，已過中秋，還是炎熱。

我走到知本，樂山旁有清覺寺，大殿楹聯還是《金剛經》的句子：

清淨即菩提，須知菩提本來淨
覺心原無住，應從無住更生心

清晨禮佛畢，在庭院散步。中庭有幾株高大含笑，都有近百年樹齡。日出前後，含笑都還含苞，廟中老師父手持長竿，在濃密樹叢間找花。她年歲太高，眼睛不好，我就指給她看「這裡——」「那裡——」，她把含笑一一帶枝葉鉤下，用盤盛裝，供在佛前。

二〇一四年九月十二日 蔣勳於台東知本清覺寺

目錄

自序

捨得，捨不得——帶著金剛經旅行 002

卷一 回頭

回頭 026

滅燭，憐光滿 038

星垂平野闊 048

畫眉深淺——一首詩的兩種讀法 064

天涯何處——東坡詞的生命意境 076

多情應笑我 086

卷二 肉眼

肉眼 104

春消息 116

美學的失智 130

痴絕——非美學的出走 142

貪看白鷺橫秋浦 148

爆破西湖 160

莫內的眼睛 178

幸福，雷諾瓦 192

肉身故事與神話世界 206

卷三 無夢

無夢 228
微笑——吳哥之美 242
流浪者之歌 256
池上之優 268
城市的記憶 280
寫給春分 294

編後記
帶著金剛經的旅行 許悔之 302

巻一

回頭

回頭

生命如果不是從一點點小小的歡喜讚歎開始，大概最後總要墮入什麼都看不順眼的無明痛苦之中吧。

時光

秋天賞楓的季節，好幾次在京都。幾星期，一個月，好像忘了時間。好像春天才剛來過，同樣的山，同樣的道路，同樣的寺院，同樣的水聲，同樣的廢棄鐵道，同樣的水波上的浮沫，同樣的一座一座走過的橋，橋欄上的青苔，回首看去，那橋欄，不是剛才還鋪滿落花嗎？然而只是一回頭，落花都已一無蹤跡，已經是滿山的紅葉了。水渠清流裡也都是重重疊疊的紅楓落葉，隨波光雲影逝去。每一次回頭因此都踟躕猶疑，害怕一回頭一切繁華都已逝去。

已經是秋深了嗎？

一個地方去的次數多了，常常不知道為什麼還要再去，一去再去，像是解脫不開的一世一世的輪迴轉世嗎？

「無明所繫，愛緣不斷，又復受身。」常常說給朋友聽的《阿含經》的句子，或許是提醒自己於此肉身始終沒有徹底了悟吧。

為什麼還要有這一世的肉身？為什麼肉身還要一次一次再重來這世間？為什麼還要一次一次再與這麼多好像已經認識過的肉身相見？

「愛緣不斷」嗎？總是切不斷的牽掛愛恨，像一次一次地回頭。回頭時看到漫天花瓣如雪花飛舞，回頭時，水渠裡滿滿都是飄落的櫻花；回頭時，櫻花落在風中、水中、塵泥中，化烏有而去。殘楓紅豔如血，怵目驚心，也只是肉身又來了一次吧。不堪回首，彷彿回首時，只剩斑剝漫漶沉沉墨色裡一方令人心中一驚的朱紅印記，還如此鮮明。

一個地方，來的次數多了，來的時候好像沒有特意想看什麼，不想做什麼，不想趕景點行程，隨意信步走走。有時候就在寺町通一間叫「smart」的咖啡店坐一下午，白頭髮的老闆慢悠悠地煮著一杯咖啡。

我來過，在這個角落坐過，看著一個青鬢白皙的青年這樣慢條斯理地調理咖啡，留聲機還是那一條歌。

可以這樣坐著，把時光坐到老去嗎？

那年輕侍者把咖啡恭敬放在桌上，說了一句我沒有聽懂的話。

「無明所繫——」啊，是因為不懂，所以要一次一次重來嗎？看不懂，聽不懂，無法思維，以為懂了，並沒有懂，只是在巨大的「無明」中，要一次一次重來，做沒有做完的功課。

禪林寺

上一個秋天，有一個月的時間在京都，正是紅葉最盛的時候，遊客滿坑滿谷。我想還是避開所有人多的景點，不如往郊外人少的地方去。但是有一位朋友年中突染重病，昏迷了十二天，親人從國外趕回來，也都不能喚醒。十二天後卻奇蹟似地好了。清醒以後，雖然虛弱，卻也頭腦清楚，沒有什麼後遺症。醫師也覺得是萬幸，不可思議。

這位朋友知道我去日本，就順口要我替她到佛前一拜，也沒有指定哪一所寺廟。

我當下想到京都禪林寺永觀堂的回頭阿彌陀佛那一尊像，供奉在釋迦堂瑞紫殿這尊像七十七公分高，與一般佛像不同，不做正面，而是由左肩回頭，向後看。以前去過好幾次，對這一件作品印象很深。

《阿彌陀經》說：「從是西方，過十萬億佛土——」，那是遙遠到我無法思議的空間啊。不可思維、不可議論的國度。「其國眾生，無有眾苦，但受諸樂——」那是在遙遠不可思議的地方享有一切安樂的國度吧。然而，為什麼已經到那樣國度的阿彌陀佛竟然都回頭了？我心裡想，如果連阿彌陀佛都回頭了，是可以安慰這病苦劫難中重新回來的朋友吧。私下心裡發願，這次京都一行，替她去永觀堂佛前一拜，帶一張回頭的阿彌陀佛像給她。

許願時沒有特別想到永觀堂是觀賞楓葉的首選，這個季節去永觀堂，會有多少遊客擠在山門前，會有多少世界各地的觀光客排長龍等待買票拜觀。

我先去了高野山，在舊識的清靜心院投宿兩晚。下了山一到京都就直接去了永觀堂。永觀堂前果然人山人海，長長一條排隊買拜觀券的遊客，找了很久，才找到尾巴。我一度想放棄了。真要在雨中排一兩小時的隊伍嗎？剛一動念，隨即發現自己許的願，原來也如此輕率。只是雨，只是一兩小時的等待，許的願就可以輕易放棄，自己許願的力量如此脆弱啊。想起《阿彌陀經》的句子——「舍利弗，若有人已發願，今發願，當發願，欲生阿彌陀佛國者，是諸人等，皆得不退轉於阿耨多羅三藐三菩提。」

我想要退轉了嗎？

排隊等候的時候，人聲吵雜沸沸揚揚，起初心亂，細聽卻也都是在讚美秋光，讚美紅葉，讚美雨聲。不同聲音的歡喜讚歎，像一片和聲。有的大概初次來京都賞楓，當然狂喜驚叫，讚歎連連，語言彷彿不足以表達心中興奮激動。來過次數多的，或許就較安靜，沉默微笑，看著不斷驚歎的遊客，用相機東拍西拍的初來者，也多還是點頭微笑，彷彿讚賞地說——啊，真好，你也看到了。

生命如果不是從一點點小小的歡喜讚歎開始，大概最後總要墮入什麼都看不順眼的無明痛苦之中吧。什麼都不對，什麼都罵，結果世界並沒有好轉的機會，自己也沒有好轉的機會，只是一起向毀滅的深淵沉淪吧。

原以為這樣擠在一堆遊客間排隊是苦差事，卻意外看到很美的秋天，秋天的淅淅瀝瀝的雨，秋天雨中的楓葉，青綠、赭黃、金紅，一片秋光，燦爛迷離如煙霞雲霧。眾人仰面讚美嘖歎，初聽吵雜的聲音，形成和聲，高高低低，大大小小，遠遠近近，因為心中都是歡喜讚歎，便有了冥冥中的呼應吧，彷彿十萬億佛土的梵音。

因為下雨，進了禪林寺，在入口大玄關脫鞋，把鞋放進塑膠袋中，撐著傘，彎腰解鞋帶，都是艱難事。遊客因此相互扶持遮雨，認識與不認識，都在玄關處進進出出，有了短暫擦肩而過的緣分。

禪林寺依山而建，最早是日本文人藤原關雄的私人邸所。藤原去世，這一處雅致的莊院就由五十六代清河天皇敕賜為禪林寺。藤原是平安時代日本權力核心的世族，清和天皇的皇后藤原高子就出身於這一家族。清和天皇死後，陽成天皇即位，也由天皇的伯父藤原基經攝政。權傾天下的世家，豪門的富貴，加上關雄文人雅士的嚮往，為這一所宅院建立了優雅的基礎。

清和天皇貞觀五年（八六三），敕賜禪林院題額，使這一所寺院成為鎮護國家的重要道場，全名是聖眾來迎山無量壽院禪林寺。

永觀

這所歷經天皇敕封的護國禪寺，一直到第七世住持永觀律師，做了幾件對大眾有深遠影響的事，才被世俗大眾通稱為永觀堂，成為家喻戶曉的著名寺院。

永觀律師據說身體孱弱，自己長年病痛，因此特別能體會為疾病所苦的大眾吧，他就在一〇九七年於禪林寺中設立了藥王院，以湯藥濟度眾生。或許因為如此，使一所由天皇賜額、原來很皇家貴族氣派的寺院，轉變成了販夫走卒平民百姓都可以來此求藥拜佛還願的寺廟吧。禪林寺的名字逐漸被淡忘，大家都以永觀師父的名字來稱呼這所寺院了。

永觀律師最出名的傳奇故事，是他在彌陀堂上念誦，或許一時心不專一，就看到阿彌陀佛顯身，回頭向他說：永觀，你遲了。

這一流傳久遠的故事，使禪林寺因此創作了世間唯一一尊回頭的阿彌陀佛像，以為紀念。

這一尊像與一般阿彌陀像並無太大不同，右手手掌向上向外揚起，食指與大拇指圈成法輪形狀，持無畏說法手印。左手手掌向下，持施與說法印。佛身褒衣廣袖，赤祖胸腹。身後有頭光背光，背光有火焰流雲紋，火焰流雲中有飛天供養。阿彌陀像唯一特殊的是頭部不做正面，而是向左肩身後轉頭探望。

以佛教教義而言，菩薩於世間有情，牽連掛念眾生，因此常回世間。唐代敦煌帛畫

也常畫引路菩薩，是喪禮中懸掛招亡者之魂的條幡，上畫亡者肖像，前有菩薩引路，也是頻頻回首，彷彿擔心掛念往生的漫漫長途上，跟隨者步履艱難，跟不上進度。

佛與菩薩不同，已入涅槃，不受後有，因此應該是不會回頭的了。

然而永觀堂的阿彌陀佛意外回頭了，成為傳世唯一的一尊回頭的佛像。

永觀律師因為自己的身體疾病，同體大悲，創建了藥王院，可以濟度眾生肉身之苦。永觀律師修行中一時的分心，也讓阿彌陀佛在永世的寂滅超然中動心動念，又回了一次頭。

眾生對永觀律師的身體病苦之痛，對永觀偶爾的分心渙散、不夠精進，彷彿都沒有嘲諷惡念，對他人的不幸，有許多感念原諒，我們是藉著自己或他人的不完美，才給了自己更寬容的修行機會吧。

永觀，你遲了。佛的聲音如此督促鼓勵。

在漫長的修行路上，或快或慢，或早或遲，其實都是修行，也都可以被包容顧念吧。

我擠在眾多的遊客間一殿一殿拜去，心裡不急，也就不計較快慢遲早。

禪林寺在上千年間一直整建，建築園林的布局空間依循自然山丘脈絡走勢，不像一般禪院那樣規矩平板。走累了，可以停在水琴窟靜坐一會兒，聆聽若有若無的細細水聲穿流過石窟孔洞。水流緩、急、快、慢，力度輕重變化，都在幽微石窟裡構成彷彿琴音的水聲。但當然是自己靜下來了，才聽得到這麼幽靜在有無之間的水聲。台北故宮有南宋馬麟的名作《靜聽松風》，風穿過松葉，靜靜震動松針，不是靜到一清如水，是聽不到這樣細微的聲音的。東方美學多不停留滿足在人為的藝術層次上，人為的聲響音樂，人為的色彩絢爛塗抹，最終只是領悟大自然的過渡與媒介，像《指月錄》裡說手指指月亮，手指的重要性太被誇張，可能看不見手指指向的月光，也忘了真正要看的不是手指，而是皓月當空。

水琴窟在日本許多寺廟都有，比叡山延曆寺釋迦堂前也有極幽微動聽的水琴窟，水聲說法，來的人或聽到或無聞無明，各自有各自領悟的因果。

十六世紀初禪林寺修建了臥龍廊，把前方的釋迦堂、瑞紫殿、御影堂，和後方的多寶塔、開山堂、阿彌陀堂，用長廊連接起來。長廊複道，有時凌空飛起，沒有阻擋，也是眺望俯瞰山景寺院全局的最好景點。許多遊客從此高處，看到整片飛紅的秋楓，層林盡染，更是讚歎不止。

《阿彌陀經》說五濁惡世——劫濁、見濁、煩惱濁、眾生濁、命濁，然而正是要在五濁中求阿耨多羅三藐三菩提。離此煩惱濁世，並沒有修行，也沒有真正的領悟。

永觀律師的身體疾病，永觀律師的分心，因此才如此為後來眾生紀念吧。

我在出玄關前為朋友求了一張回頭阿彌陀佛的像，在她大病初癒的案前，或許可以更讓她安心吧。

永觀堂鐘聲極出名，悠悠蕩蕩，東山一帶，遠近都可以聽到。如果有緣，剛好遇到鐘聲迴盪，許多路上行人都會回頭張望，尋找鐘聲。永觀堂鐘樓雖遠，其實最後回頭尋找的人也都發現：鐘聲就在耳邊。

滅燭，憐光滿

最好的詩句，也許不是當下的理解，而是要在漫長的一生中去印證。「憐光滿」三個字，在長達三、四十年間，伴隨我走去了天涯海角。

不知道為什麼一直記得張九齡〈望月懷遠〉這首詩裡的一個句子——滅燭憐光滿。

明月從海洋上升起，海面上都是明晃晃的月光。大片大片如雪片紛飛的月光，隨著浩瀚的水波流動滉漾。月光，如此浩瀚，如此繁華，如此飽滿，如此千變萬化，令人驚叫，令人嘖嘖讚歎。

詩人忽然像是看到自己的一生，從生成到幻滅，從滿樹繁花，如錦如繡，到剎那間一片空寂，靜止如死。剎那的光的閃爍變滅，剛剛看到，確定在那裡，卻一瞬間不見了，無影無蹤，如此真實，消逝時，卻連夢過的痕跡也沒有，看不到，捉摸不到，無處追尋。

詩人的面前點燃著一支蠟燭，那一支燭光，暈黃溫暖，照亮室內空間一角，照亮詩人身體四周。

也許因為月光的飽滿，詩人做了一個動作，起身吹滅了蠟燭的光。

燭光一滅，月光頃刻洶湧進來，像千絲萬縷的瀑布，像大海的波濤，像千山萬壑裡四散的雲嵐，澎湃而來，流洩在宇宙每一處空隙。

「啊——」詩人驚歎了：「原來月光如此豐富飽滿——」

小時候讀唐詩，對「憐光滿」三個字最無法理解。「光」如何「滿」？詩人為什麼要「憐」「光滿」？

最好的詩句，也許不是當下的理解，而是要在漫長的一生中去印證。

「憐光滿」三個字，在長達三、四十年間，伴隨我走去了天涯海角。

二十五歲，從雅典航行向克里特島的船上，一夜無眠。躺在船舷尾舵的甲板上，看滿天繁星，辨認少數可以識別的星座。每一組星座由數顆或十數顆星子組成，在天空一起流轉移動。一點一點星光，有他們不可分離的緣分，數百億年組織成一個共同流轉的共同體。

愛琴海的波濤拍打著船舷，一波一波，像是一直佇立在岸邊海岬高處的父親「愛琴」（Aegeus），還在等待著遠航歸來的兒子。在巨大幻滅絕望之後，「愛琴」從高高的海岬跳下，葬身波濤。希臘人相信，整個海域的波濤的聲音，都是那憂傷致死的父親永世不絕的呢喃。那片海域，也因此就叫做愛琴海。

愛琴海波濤不斷，我在細數天上繁星。忽然船舷移轉，濤聲洶湧，一大片月光如水，傾洩而來，我忽然眼熱鼻酸，原來「光」最美的形容詠歎竟然是「滿」這個字。

「憐」，是心事細微的振動，像水上粼粼波光。張九齡用「憐」，或許是因為心事震動，忽然看到了生命的真相，看到了光，也看到了自己吧。

一整個夜晚都是月光，航向克里特島的夜航，原來是為了注解張九齡的一句詩。小時候讀過的一句詩，竟然一直儲存著，是美的庫存，可以在一生提領出來，享用不盡。

月光的死亡

二十世紀以後，高度工業化，人工過度的照明驅趕走了自然的光。

居住在城市裡，其實沒有太多機會感覺到月光，使用蠟燭的機會也不多，張九齡的「滅燭憐光滿」只是死去的五個字，呼應不起心中的震動。

燭光死去了，月光死去了，走在無所不侵入的白花花的日光燈照明之下，月光消失了，每一個月都有一次的月光的圓滿不再是人類的共同記憶了。

那麼，「中秋節」的意義是什麼？

一年最圓滿的一次月光的記憶還有存在的意義嗎？

漢字文化圈裡有「上元」、「中元」、「中秋」，都與月光的圓滿記憶有關。「上元節」是燈節，是「元宵節」，是一年裡第一次月亮的圓滿。「中元節」是「盂蘭盆節」，是「普渡」，是把人間一切圓滿的記憶分享於死去的眾生。在水流中放水燈，召喚漂泊的魂魄，與人間共度圓滿。

圓滿不只是人間記憶，也要布施於鬼魂。

在日本京都嵐山腳下的桂川，每年中元節，渡月橋下還有放水燈儀式。民眾在小木片上書寫亡故親友姓名，或只是書寫「一切眾生」、「生死眷屬」。點上一支小小燭火，木片如舟，帶著一點燭光放流在河水上，搖搖晃晃，飄飄浮浮，在寧靜空寂的桂川上如魂如魄。

那是我又一次感覺「滅燭憐光滿」的地方，兩岸沒有一點現代照明的燈光，只有遠遠河上點點燭火，漸行漸遠。

光的圓滿還可以這樣找回來嗎？

島嶼上的城市大量用現代虛假醜陋的誇張照明殺死自然光。殺死月光的圓滿幽微、殺死黎明破曉之光的絢麗蓬勃浩大，殺死黃昏夕暮之光的燦爛壯麗。

我們為什麼要這麼多的現代照明，高高的無所不在的醜惡而刺眼的路燈，使人喧囂浮躁，如同噪音使人發狂，島嶼的光害一樣使人心躁動浮淺。

「光」被誤讀為「光明」，以對立於道德上的「黑暗」。

浮淺的二分法鼓勵用「光明」驅趕「黑暗」。

一個城市，徹夜不息的過度照明，使樹木花草不能睡眠，使禽鳥昆蟲不能睡眠，改變了自然生態。

「黑暗」不見了，許多生命也隨著消失。

消失的不只是月光、星光，很具體的是我們童年無所不在的夜晚螢火也不見了。

螢火蟲靠尾部螢光尋找伴侶，完成繁殖交配。童年記憶裡點點螢火忽明忽滅的美，其實是生命繁衍的華麗莊嚴。

因為光害，螢火蟲無法交配，「光明」驅趕了「黑暗」，卻使生命絕滅。

在北埔友達基金會厤布山房看到螢火蟲的復育，不用照明，不用手電筒，關掉手機上的閃光，螢火蟲來了，點點閃爍，如同天上星光，同去的朋友心裡有飽滿的喜悅，安祥寧靜，白日喧囂吵鬧的煩躁都不見了。

「滅燭憐光滿」，減低光度，拯救的其實不只是螢火蟲，不只是生態環境，更是那個在躁鬱邊緣愈來愈不快樂的自己吧。

莫內的《印象・日出》

歐洲傳統繪畫多是在室內畫畫，用人工的照明燭光或火炬營造光源。有電燈以後當然就使用燈光。

十九世紀中期有一些畫家感覺到自然光的瞬息萬變，不是室內人工照明的單調貧乏所能取代，因而倡導了戶外寫生，直接面對室外的自然光（en plein air）。

莫內就是最初直接在戶外寫生的畫家，一生堅持在自然光下繪畫，尋找光的瞬間變化，記錄光的瞬間變化。

莫內觀察黎明日出，把畫架置放在港邊，等待日出破曉的一刻，等待日出的光在水波上剎那的閃爍。

日出是瞬間的光，即使目不轉睛，仍然看不完全光的每一剎那的變化。

莫內無法像傳統畫家用人工照明捕捉永恆不動的視覺畫面，他看到的是剎那瞬間不斷變化的光與色彩。

他用快速的筆觸抓住瞬間印象，他的畫取名《印象・日出》(Impression, soleil levant)，他畫的不是日出，而是一種「印象」。

這張畫一八七四年參加法國國家沙龍比賽，沒有評審會接受這樣的畫法，筆觸如此快速，輪廓這麼不清晰，色彩這麼不穩定，這張畫當然落選了。

莫內跟友人舉辦了「落選展」，展出《印象・日出》，報導的媒體記者更看不懂這樣的畫法，便大篇幅撰文嘲諷莫內不會畫畫，只會畫「印象」。

沒有想到，「印象」一辭成為劃時代的名稱，誕生了以光為追尋的「印象派」，誕生了一生以追逐光為職志的偉大畫派。

石梯坪的月光

石梯坪在東部海岸線上，花蓮縣南端，已經靠近台東縣界。海岸多岩塊礁石，礁石壁壘，如一層一層石梯，石梯寬闊處如坪，可以數十人列坐其上，俯仰看天看山看海。看大海壯闊，波濤洶湧而來，四周驚濤裂岸，澎轟聲如雷震。大風呼嘯，把激濺起的浪沫高揚在空中吹飛散成雲煙。

我有學生在石梯坪一帶海岸修建住宅，供喜愛東部自然的人移民定居，或經營民宿，使短期想遠離都會塵囂的遊客落腳。

我因此常去石梯坪，隨學生的學生輩紮營露宿，在成功港買魚鮮，料理簡單餐食，大部分時間在石梯坪岩礁上躺臥坐睡，看大海風雲變幻，無所事事。

石梯坪面東，許多人早起觀日出，一輪紅日從海平面緩緩升起，像恆古以來初民的原始信仰。

夜晚在海邊等待月升的人相對不多，月亮升起也多不像黎明日出那樣浩大引人敬拜。

我們仍然無所事事，沒有等待，只是坐在石梯坪的岩礁上聊天，但是因為浪濤聲澎轟，大風又常把出口語音吹散，一句話多聽不完全，講話也費力，逐漸就都沉寂了。

沒有人特別記得是月圓，當一輪渾圓明亮的滿月悄悄從海面升起，無聲無息，一抬頭看到的人都「啊——」的一聲，沒有說什麼，彷彿只是看到了，看到這麼圓滿的光，安靜而無遺憾。

初升的月光，在海面上像一條路，平坦筆直寬闊，使你相信可以踩踏上去一路走向那圓滿。

年輕的學生都記得那一個夜晚，沒有一點現代照明的干擾，可以安靜面對一輪皓月東升。我想跟他們說我讀過的那一句詩——滅燭憐光滿，但是，看到他們在宇宙浩瀚前如此安靜，看到他們與自己相處，眉眼肩頸間都是月光，靜定如佛，我想這時解讀詩句也只是多餘了。

星垂平野闊

月初清澈天宇上一彎幽微新月，到了月中，港灣上明月圓而浩大，許多人停留，許多人回頭，這樣圓滿的光華，想起張九齡的句子「不堪盈手贈」……

森林

這個城市得天獨厚，距離市中心，步行十分鐘左右，就有一個國家公園，是一百年前立國之初就劃定保護的原始森林。

初次一個人走進森林，不多久就開始有一點恐懼。沒有路，沒有行人，走一小時，都是紅檜、雪杉、扁柏一類的巨木。樹木高大參天，每一株都有近十層樓高，下端樹圍粗壯，要三、四人才得合抱。夏日盛暑，一走進森林，便覺清涼陰暗，瀰漫著新生與腐朽植物的濃郁氣味。

在人口密集的地方生活慣了，一旦回到自然，沒有人依靠或依賴，就會有恐懼感吧。

都市裡的人因此愈來愈害怕自然，都市長大的孩子，沒有親近自然的經驗，父母也常告誡：自然處處都是危險，用一道一道的防護圍欄把人與自然隔開。

人類的文明或許已長久遺忘了與自然相處的記憶。沒有多久以前，大航海的冒險者，穿越大洋，進入冰原叢林。與猛獸搏鬥，披荊斬棘，在一片蠻荒中求生存立足之地，大概時時都是危險，處處也都是危險吧。

台灣是移民的社會，移民之初，篳路藍縷，也一樣是在冒險中求一線生存，沒有人會因為危險停止前進。

這一片原始森林，留在已經繁華的現代都會旁，兩個月來，我每天在森林裡行走。從沒有路開始，逐漸找到一條一條小徑；從恐懼迷失的膽怯，到懂得用各種標記方法測知自己的位置方向；從一個小時就開始恐慌，到走四小時不覺得迷失。我的身體好像重新呼喚起了一點還存在的與自然相處的記憶基因。

許多小徑掩藏在巨樹林間，彎彎曲曲。走的人少，就被蕨類藤蔓迅速遮蓋。看起來沒有路，卻都有人行走過的痕跡。小徑依照自然的生態高低左右發展，遇到溪流，就有橫倒的樹可以跨越，遇到巨石陡岩，就轉向繞彎。自然生態本來不是依照人的意志完成，河流截彎取直，好像人定勝天，也常常造成不可知的自然反撲。生態異變產生的巨大災難，近幾年愈來愈多，愈來愈明顯，未嘗不是一種警告。

台北故宮北宋立國初期范寬的《谿山行旅圖》巨幅立軸，看得到一個文明面對自然的莊嚴敬重。大山陡立篤定，一線飛瀑直瀉而下。近景下端三分之一的土丘，有行旅走過。人和馱物的驢都小到不容易發現。宇宙巨大遼闊，人的存在如此渺小，只是永恆宇宙裡偶然走過的「行旅」、「過客」。個人的哀、樂、悲、喜，不足掛齒，個人的驚叫、怨怒，得意或失意，在大宇宙裡也都是微不足道的瑣碎嘮叨。一整個夏季的蟬嘶，一整個夜晚池塘的蛙鳴，如此鼓譟，卻一樣是天地都寂靜。

森林裡的條條小徑，引領我走向沼澤，池塘，引領我走向清澈湖水，引領我走向低窪濕地，引領我走向岩礁或沙灘。許多不同的小徑，像《谿山行旅圖》裡攀爬迂迴在大山裡許許多多不容易發現的路，都有人在走，都有生命在活躍，生生滅滅。

森林裡走久了，很容易發現自然中生命的循環。一株新生的松柏，它的根鬚下總是仆倒著一株巨大的枯木。有時候新樹已經長成一人合抱粗細，下面的枯樹腐朽風化，碎成木渣微塵，初看以為是土丘，是蟻穴，仔細辨認，是一株死去的巨木，或被雷火劈倒，或被蟲噬吃，死去了，把身體腐化的養分供給一株新樹成長。

自然的原始森林，其實不是只供遊玩休閒，也許更重要的意義是讓遠離自然的現代人重新再做一次生命的功課吧。

唐宋以來的山水畫所以並不是「風景」，而是走向大山大水，宏觀宇宙的一部自然哲學。詩人、畫家不走出去，擠在都會中，瑣碎嘮叨得失，或關在書房畫室，斤斤計較毛筆皴法，早已失去山水美學的本質精神。

南宋以前，山水中的人物極少是文人，絕大多數的「行旅」是庶民市井販夫走卒。他們真實行走勞動於山巔水涘，生存拚搏於大山大水的艱難險境，不會在安逸書齋畫室中玄想虛假的宇宙自然。

南宋以降，如馬麟的《靜聽松風》，已是文人意境，與范寬大山水中「行旅」奔行於長途、流浪放曠的生命力度已大不相同。等而下之，擠在都會人群中，日日瑣碎嘮叨，更不可能有大山水的氣度。

唐人詩多有出行塞外的蒼茫視野，「大漠孤煙」「長河落日」，如此宏觀宇宙，讓人心靈起大震撼。即使杜甫，如此關心人世苦難，胸懷裡也還有「星垂平野闊」的宇宙嚮往。都會人群中，只是斤斤計較平仄韻腳，汲汲於口舌是非，其實無法想像大創造的氣度。

日日走在森林，除了參天巨木大樹，也會看到樹幹上寄生藤蘿，樹腳根窪下陰濕處蕨類苔蘚蔓延，雨後腐葉重疊，朽爛間抽出各種菌菇。大宇宙的磅礴生命，包容大，也包容小，大小相依並育，秩序井然。生物物種環環相扣如鎖鏈，彼此依存，彼此競爭，也彼此餵養，在生生滅滅中形成循環。天何言哉，四時行焉，百物生焉，一個古老的文明是從靜觀自然中領悟了生命智慧。如果長時間遠離了自然，文明還會剩下什麼？

在范寬《谿山行旅圖》面前，我的歐洲朋友問過：有這樣的山水畫，你們怎麼這樣破壞自然？

恆河沙

學生N傳訊給我說：八月十二日可以觀測今年最大的英仙座流星雨。他要從南邊城市開車來載我，去更北邊的冰川下看天河的光。我說：「你從南邊來，要開二十多個小時吧。」他回答說：「才二十多個小時。」

英仙座是一星系，希臘神話英雄珀修斯（Perseus）奉命斬殺梅杜莎（Medusa），梅杜莎一頭蛇髮，看到的人都變成石塊。珀修斯手持閃金盾牌，在盾牌鏡面反光看梅杜莎，斬下她的頭，解除公主魔咒，從人成神，英雄仙女升在天空，成為永恆星座。

我和N會合，一起朝向英屬哥倫比亞省的北方去，過惠斯勒（Whistler），沿綠河（Green River），經過幾個斷崖瀑布，十一日抵達，十二日夜晚包了厚羊毛毯，到一片冰河下的草原，躺著看今年的英仙座流星雨。

一顆一顆拖著長長光的尾巴的流星劃過夜空，密密麻麻的星雲，一整條熒熒晃耀而又如此安靜的銀河劃過長空。

時間的長或短，多或少，也許沒有比較，都很主觀。喜歡自然天文的N，說到的星系與光的數字常常都像《金剛經》所說無可計量的恆河沙。

《金剛經》說：「如恆河中所有沙數，如是沙等恆河，於意云何？是諸恆河沙，寧為多不？」一整條恆河有多少沙？佛陀問須菩提：「像一整條恆河所有的沙一樣多的恆河還有多少？」

佛陀反覆問：「須菩提，你覺得，所有恆河的沙，多不多？」

印度原始信仰裡的數字很有趣，總是多到「無量、無數、無邊」，可以算數計較的，都不是真正的「多」與「大」。

宇宙間不只一條恆河，世界宇宙，有多到如「恆河沙」一樣多的恆河。

須菩提如恒河中所有沙數如
是沙等恒河於意云何是諸恒
河沙寧為多不

佛陀又說：「恆河尚多無數，何況其沙？」忙著算數計較一條河裡無數的沙，然而，宇宙間像沙一樣多的河流還有多少？

文明初始，不同的民族都開始仰望夜空，試圖算數夜空裡星辰的數量吧。印度原始信仰裡仰望的夜空，與其他民族如此不同。

居住在一條河流旁，看著眼前一條河流，卻相信還有許多自己看不見的更多的河流。彷佛太陽系之外的太陽系，銀河系之外的銀河系。天文科學還沒有找到證實的太陽系、銀河系，在原始印度信仰裡，不斷提醒自己所見、所覺之外的「無量、無數、無邊」。

光一秒鐘的速度粗估行走三十萬公里，相當於繞地球七圈半。只是一秒鐘，我們一眨眼，光已經繞了地球七圈半。天文科學的數字，使人驚愕，使人無奈，像《金剛經》裡佛陀說的恆河沙數。

停留不下來的光，科學家卻一直試驗，想讓光能夠停留。據說，一個德國科學家把光留在水晶裡，留了六十秒，今年科學界都在盛讚他的成就。

那一束光，是被科學家努力「豢養」的光嗎？

漫天流星雨，冰河廣漠，靜到如此，彷佛聽到闃寂中只有星光劃過宇宙的聲音。

乃潤瀑布

從城市向北而去，一路都是冰川覆蓋連綿不斷的大山。過了大暑，過了立秋，那些沉厚的冰河，依然白皚皚，在陽光下閃亮。冰川的瑩白和岩石的墨黑形成強烈對比，岩石峭壁向天聳立，像山的叫聲，激昂高亢。一塊塊黑色巨石，刀削一般，從冰原上立起，直上數百呎，如矛尖，像鷹隼的尖喙。最著名的「黑牙岩」(black tusk)是原始部落數千年神話的聖山，也成為這一系山脈的標誌。部落的人相信是神鳥帶來驚雷駭電，這塊巨岩也是神鳥的居所。仔細看會看到直上陡立的岩壁上有一黑點移動，是正在攀岩的人。他們常常在無立錐之地光滑的岩壁上攀爬。上不見天，下不著地，無可攀援，無處貼附，那時身體要學會最細緻的「體貼」，和岩壁緊密依靠。

一個攀岩者告訴我，長「途」攀岩，他要學會貼在岩壁上睡覺。

洪荒自然，可以看到生命不同的修行方式，也學會向不同方式的存在致敬。

冰川上千萬年積累切割，侵蝕磨擦岩層，融化的雪水混合石粉，使這一帶河流湖泊都有綠藍翡翠碧玉色澤。一條綠河(Green River)蜿蜒流過，盈潤翠藍如寶石。綠河穿行在峽谷間，有時急流洶湧，有時開闊寬坦，依地形變化萬千。若遇陡崖峭壁，一瀉而下，

形成百尺高落差的巨瀑，氣勢驚人（如Brandywine Fall），或在曲折岩壁上涓細潺湲，千絲萬縷，低迴纏綿（如Shannon Fall）。

我最喜歡的一個瀑布是「乃潤」（Nairn Fall），高度落差不大，卻是大水受岩礁阻擋封閉，五千萬年間，水流鑿石穿孔，瀑布由孔穴中激射而出，澎轟激濺，浪濤旋轉，形成深潭壺穴，飛沫滔天，氣霧煙嵐瀰漫，一綹一綹升騰迴旋。因為水的沖激，壺穴近處，土壤被水沖刷，無寸草生存。岩石被水切割，稜稜塊磊，堆疊轉折，極像明末亡國上黃山的漸江僧。他的畫裡一無軟弱的線，全是犀利淨潔的石塊岩磐，清澈透明如琉璃。漸江在明亡後曾經與新政權對抗，見大勢已去，就削髮入山，在山巔無人處與巨石岩壑對話，明月流星，只是歲月移轉，無關興亡了。

彷彿生命到了絕處才看得到光的停留。漸江畫裡留住的時光，也是水晶裡為科學家停留了六十秒的光嗎？

已過處暑，下一個節氣將是白露了。

捨不得山，就趁最後夏日的尾巴又去一次洛磯山脈。在彭伯頓（Pemberton）附近走約佛瑞湖步道（Joffre Lake），在大片松林間攀爬向上，約五小時，來到典型的冰原雪山湖泊，顏色一汪碧藍，如孔雀尾羽，遠遠冰河覆蓋，彷彿沉睡未醒的洪荒。總覺得那一夜天際流星的光，都在此地沉靜安眠。

鴻雁長飛

緯度高的地區，時序過立秋，地上就有了落葉。白天不覺得，一入夜晚，就感覺到寒涼了。

有時候覺得人也像大雁，夏季長飛到北方，入秋過後，北方寒冷了，漸漸又飛回到明亮溫暖的南方去。

小暑過後，每天散步的港灣森林入口，草地上，海灘湖水邊，沼澤草叢裡，原來都是大雁聚集。銀褐色的羽毛，胖大的身軀，比一般畜養的家鵝還大。黑色的長脖子，臉頰一點白。緩慢踱步，也不怕人，成群結隊，專心低頭吃草，搖搖擺擺，走過的地上留著一條一條小指粗細糞便。

落葉和糞便在入秋的幾次雨後混雜成濕潤的泥濘，晴日曝曬，飛成塵埃。不知不覺，大雁陸續離去，在天上飛成人字形隊伍。地面上大雁身影愈來愈稀疏了，長夏燦爛夕陽，一日一日，也慢慢轉成低沉濃厚的灰雲。

我想起初唐張若虛〈春江花月夜〉長詩裡多年讓我咀嚼的句子——「鴻雁長飛光不度」。是說飛掠過江河消逝得無影無蹤的大雁，卻在河面上留下了沒有帶走的身影嗎？那有點像現代詩人用一片浮雲投影波心譬喻生命的「偶然」吧。南飛的大雁無心，去無蹤跡，河流卻記憶著光影，像消逝在雨水濕潤泥土中的落葉和糞便，消逝，常常只是我們的視覺看不見了，宇宙卻還存在著不可知的因果。

我看不見大雁了，看不見長夏的燦爛夕陽，看不見落葉與糞便，然而，他們都還存在著，我的「看見」只是狹窄的執著吧。

張若虛的〈春江花月夜〉，寫春天，寫江水，寫花，寫月光，寫夜晚。五個主題，像交響詩的五個旋律，交互對話。是江水與月光的對話，是月光與花的對話，是春天與夜晚的對話，是花朵與江水的對話。交錯折射，循環婉轉，一片迷離的光，不可捉摸的光，在一個時代剛剛開始的時刻，生命這麼謙卑，作者沒有「我」的執著，所以可以看見最幽微的光，意識到宇宙間光的飽滿，意識到光的存在與不存在。

「空裡流霜不覺飛，汀上白沙看不見」，初唐謙遜如此，可以知道月光裡的飛霜和月光下的汀上白沙都存在，卻可能「看不見」。如此安靜而不喧囂的存在，存在卻彷彿不存在。

常常覺得要從〈春江花月夜〉開始去敬重一個時代安靜而飽滿的生命力。

江水浩瀚，月光浩瀚，如此靜謐寬闊，那個春天的夜晚就有花綻放。

「江畔何人初見月？江月何年初照人？」兩個「天問」式的句子。江邊是誰，第一個看到了月亮？江上明月，那一年第一次照映到人類？

活在人際的瑣碎裡，很難有「天問」式的對話。不與人對話，從人群走出去，與天對話，與宇宙對話，張若虛開啟了一個時代精神上的浩瀚。

這個依靠在港灣邊的城市，一百年前便發願應該有一個國家公園，就在城市中心，讓所有城市的後來者知道這現代城市曾經是多麼浩大無邊的原始叢林。

歷史或許不只是應該向「篳路藍縷，以啟山林」的開拓者致敬，歷史或許更應該記得「山林」未曾開啟以前洪荒的偉大。

大雁來去，海鷗翔集，海狗與海豹時時從潮汐浪花裡探頭泅泳，鼬鼠與獾在眼前搖擺走過。

夜晚在這叢林散步，沒有路燈照明，港灣湖邊都沒有高高的醜陋圍籬防護，人在自然中，靠近海，靠近湖水，靠近月光星光，沒有先預設自然是危險的，只有一些小告示牌提醒不要餵食浣熊鼠獾，牠們是野生動物，不是寵物。

人把動物豢養起來，動物可能失去在自然中求生的能力，人，也可能喪失「求生」的能力。

然而，「求生」的意義何在？

習慣了在遊客垃圾桶找食物的浣熊，牠還是野生動物嗎？

餵養動物有「人」的驕傲，是我餵養的，屬於我。然而，自然萬物或許並不計較相互的餵養，「野生」是堅持沒有歸屬的自由嗎？

我抬頭看星辰，不知道星辰還在，銀河還在。離開人的照明區域，走路十分鐘，就可以看到銀河。月初清澈天宇上一彎幽微新月，到了月中，港灣上明月圓而浩大，許多人停留，許多人回頭，這樣圓滿的光華，想起張九齡的句子「不堪盈手贈」，想起張若虛〈春江花月夜〉的「願逐月華流照君」。

初唐詩人謙卑，月光浩大，但他們知道「不堪盈手贈」。所有壯麗的自然都是「不堪盈手贈」吧？像曾經仰躺在冰河下看到的銀河，浩瀚無際，無量、無數、無邊，像英仙座的流星雨，使人驚呼，使人低頭祝禱，許願，然而一瞬間的光，沒有人可以留住，無所從來，亦無所去，沒有歸屬。

那名科學家在凝視水晶裡停留六十秒的光，如果不是水晶，導體是淚水，不知光會停留多久？

畫眉深淺——一首詩的兩種讀法

在茫茫人海中，有一個可以這樣低聲詢問心事的人，是多麼大的幸福。

古人說：「詩無達詁。」給予一首詩多樣寬容的自由解讀可能。詩的文字，常常不同於世俗語法邏輯，杜甫的「香稻啄餘鸚鵡粒，碧梧棲老鳳凰枝」就是常被引述的例子，如此好的詩句，正是因為大膽重組了語法。

隨時代不同，古詩的閱讀，文字像光的折射，使閱讀者產生創造性的新的意象。關心創作的詩人，讀到一首古詩，心有所感，也會用當代的語法再去衍繹（或背叛）原作的題旨，產生更好的創作。

創作原本必須有活潑生機，僵死在注解、考證、一字一字的硬摳硬掰，也常常使一首好詩支離破碎，只是一具屍體，徒具軀殼，失了活潑生命。

古詩被選輯、注解，原是為了要後來者方便閱讀欣賞。但是過多的注解，淺薄的注解，也可能誤導一首詩，狹窄僵化，使閱讀者感覺不到詩的好處。

陶淵明的「好讀書，不求甚解」，在學院某些教授眼中或許離經叛道，不夠認真求證。但是，做為一個優秀的創作者，陶淵明的「不求甚解」正是要「每有會意，欣然忘食」，他要的是「會意」，不要被古書綑綁束縛住。

一首好詩被選讀，被講解，被用來做學校教材，被用來考試，會不會是一首詩死亡的開始？

用「詩無達詁」的說法來看詩，詩是不能考試的。考試需要答案，詩不一定有固定答案。

學生被權威壓迫了，不敢反抗。為了通過考試，必須遵守教授指定的答案。「詩教」就面臨滅亡。

〈近試上張水部〉

一首詩可以有兩個答案嗎？

朱慶餘被選在《唐詩三百首》裡有一首詩大家很熟：

洞房昨夜停紅燭，待曉堂前拜舅姑；
妝罷低聲問夫婿，畫眉深淺入時無。

詩寫得極好，剛剛新婚的女子，結婚第一晚，洞房紅燭高燒。第二天一早，等待破曉要盛裝拜見公婆長輩。或許心裡緊張忐忑，努力化妝還是怕不得體，最後低聲問新婚的丈夫，眉毛畫得深淺是否得宜？

距離一千多年，今天青少年讀這首詩的文本，相信不會有太大困難。

在《唐詩三百首》裡，這首詩的題目叫〈近試上張水部〉。

年輕人看到這樣的題目，有一半的人可能搞不懂就跑了。

另一半人當中，有幾個認真的，為求「甚解」，就查一查資料。

資料查出來，「張水部」就是張籍，也是唐朝一位大詩人。當時他在「水部」（主管水利的機構）做官，《全唐詩話》說是做水部郎中，也就是水部的正長官。一個宋朝人考證說是「員外郎」，應該是「水部」副手。

「近試」是朱慶餘將要參加考試了，他遇見從五品官的張籍，就把二十六首詩「上呈」

給「張水部」。

《全唐詩話》說張籍很喜歡這些詩，自己看，也拿給其他人看，「置之懷袖，而推贊之」，很讚賞朱慶餘。

寶曆二年（八二六）朱慶餘就登科了，考中進士。

這樣解讀前面讀到的一首好詩，內容可能完全改觀。許多注解依據《全唐詩話》故事發展出如下的版本：

朱慶餘自比是新婚女子，要參加考試，害怕文章寫不好，不能得到考場「主試官」（舅姑）的欣賞，因此先給「張水部」（夫婿）過目，希望對自己的詩文（畫眉深淺）指點一下。

唐朝科考，有「行卷詩」、「干謁詩」的習慣，參加考試的學生，先把「詩」呈送給有官位的名人品題，拜謁權貴，獲取提拔。

朱慶餘是曾經獻詩給張籍，張籍大為讚賞，也有回贈的詩。

這樣的解讀方式，成為許多教材的教學內容，掩蓋了朱慶餘原詩充滿生活情境活潑佻達的可愛部分。

一名中學或大學的學生，在他們生命的青春時刻，按照「近試上張水部」的題旨讀這首詩，一腦子想到的是「考試」、「提拔」，是攀附權貴名人求功名的心理，這首詩恐怕就要流失了原味，也很難讓今天的讀者喜愛感動吧。

因此《詩話》的故事可能幫助解讀這首詩嗎？還是變成了青少年進入詩的世界的障礙？

即使，朱慶餘是為了考試，把這首詩呈給張籍看，我還是相信他在寫這首詩時，是經驗到了新婚夜晚的溫暖，經驗到一個初婚女性見公婆前的緊張，他特別感受到剛成婚才一天的妻子如此信賴夫婿，化妝完，悄悄低聲詢問身邊男子：眉毛畫深了？還是畫淺了？

「妝罷低聲問夫婿」是這首詩裡最動人的句子，在芸芸眾生的世界，在許多可能挑剔責備的眾人面前，一定要有一個可以相信的人，一定要有一個比鏡子還能看清自己錯誤、讓自己改正的人，一定要有一個人，你願意全心依賴。

在茫茫人海中，有一個可以這樣低聲詢問心事的人，是多麼大的幸福。

希望一千多年後，今天的年輕人讀這首詩，還可以感覺到人世溫暖，可以努力尋找自己的幸福，見證自己的幸福。

唐詩比宋詞、元曲常常更深入民間，因為它以活潑的生活為基礎。許多男性詩人也可以委婉感受女性的心事，通達人情，寫出「閨意」一類的美好作品。

今天的教育，反而如此迴避洞房花燭、迴避男女的私密情感，好像要有更繁難「高尚」的解釋才足以有教學價值。

這首詩原來是一首「閨意詩」，或許因為朱慶餘見到張籍，拿詩給他看，禮貌上加了「近試上張水部」，但是，一定要去除「洞房花燭」的「閨意」實景，一定要迴避「夫婿」的親暱，硬要穿鑿附會成「考試」、「攀附」、「提拔」，其實做小了一首詩的格局。

許多年幼時讀的唐詩，慢慢咀嚼，最初可能依靠「詩話」、「注解」，慢慢會覺得回到詩的文本可能更百讀不厭。

朱慶餘這首詩的文本就是那四句二十八個字，上千年來的考證注解可能都嫌累贅多餘。

文字的注解看得厭煩了，有時我喜歡對著新出土的唐代女子塑像來看，看她彎月一樣的眉毛，脈脈含情，彷彿正在詢問夫婿：畫眉深淺入時無？

想起一件曾經在日本展出過的唐代的女性供養人像，第一眼看到，直覺就想到了朱慶餘的詩句。

大方、健康，五官如此明朗，眉目皎潔乾淨，這樣明亮又嫵媚的女性在宋以後的畫裡不多見了，一下子呼喚起朱慶餘詩裡那個畫完眉毛轉身向著夫婿的美麗女子。

供養人是在洞窟廟宇裡供獻佛像菩薩像的施主信眾，敦煌壁畫塑像裡都有供養人，等於出錢捐廟的人把自己畫在畫裡。早期供養人都畫得很小，跪在佛菩薩前，顯示一種信徒的謙卑。唐代的供養人逐漸變大，畫工雕塑家也特別花費心思去塑造供養人的五官衣飾細節，保留了唐代文字上不容易讀懂的頭飾、髮型、服裝、化妝——等等真實的樣貌，供養人等於是當時真實的肖像，對著這些肖像，唐詩的許多文字描述就可能更為具體了。

近五十年間，古代文物出土愈來愈多，唐代的供養人、唐俑、法門寺地宮出土的金銀器，許多墓葬中發現的女性釵環、織品，鞋襪，可能都是「注解」唐詩的好材料，或許會比固守著「詩話」、「詩解」更能讓青年和大眾進入唐詩的世界吧。

還君明珠

欣賞朱慶餘的張籍自己也是一位好詩人，他留下了一首在民間傳誦廣遠的詩〈節婦吟〉：

君知妾有夫，贈妾雙明珠。
感君纏綿意，繫在紅羅襦。
妾家高樓連苑起，良人執戟明光裡。
知君用心如日月，事夫誓擬同生死。
還君明珠雙淚垂，恨不相逢未嫁時！

這首詩從字面上看很容易懂，一個女性結了婚，已經有丈夫，但還是有人愛慕她，送了一對珍貴的明珠。

這樣的開頭已經挑戰了「愛情」、「婚姻」、「倫理」、「貞節」多重的社會矛盾。在一個津津樂道「小三」事件的今天社會，張籍的這首詩也還是人性最好的自問自答吧。

女子的第一個反應是「感動」，已經結了婚，還是有人愛慕。婚姻並不是愛的禁忌，「感君纏綿意」，女子大膽接受了明珠，把這一對明珠貼身繫在大紅的羅襦上。

這樣感動，接受了餽贈，珍惜餽贈，珍惜這愛慕，這是婚外情的開始嗎？道德的誅心者或許已經要下筆批判了。

這首詩的好，其實是呈現了人性複雜矛盾的真實過程。

感動並不表示「接受」。

把明珠繫在衣服上的女子，想到自己的家世教養（妾家高樓連苑起），想到丈夫在公部門任職的身分地位（良人執戟明光裡），隱約覺得這樣接受餽贈愛慕的不妥。

一個人可以擁有純粹個人完全的自由嗎？或是人必然生活在社會性的習慣倫理中，遵守世俗共同的道德律法？

好詩好文學都不是答案，卻是一種引發思維的過程。

講完自己家世，講完自己丈夫的身分地位，女子善良聰慧，即刻覺得這樣是不是會傷到愛慕者的心。

張籍寫出了女性最動人的委婉智慧，她對愛慕者說「知君用心如日月」，愛是可以這樣坦蕩無私的，愛是可以如此光明磊落沒有非分之想的。即使對方有非分之想，也還是鼓勵地說「知君用心如日月」，潔淨寬容，如此大器。

這名唐代女子沒有拒絕「愛」，她只是委婉地告知對方自己愛的是丈夫——「事夫誓擬同生死」，因為對丈夫的愛讓她經歷矛盾之後下了結論。

「還君明珠雙淚垂，恨不相逢未嫁時」，在沒有結婚以前，怎麼沒有認識呢？怎麼沒有緣分相識呢？

「還君明珠」與「雙淚垂」其實是一種矛盾，是理解了生命必然的「選擇」之後淡淡的無奈、淡淡的遺憾與悵惘。

深沉的文明都從理解「遺憾」、「無奈」、「無常」中一步一步走來，每一次生命的「選擇」或許都懷抱著對所有「不能選擇」的遺憾吧。

因此生命才有淚，一部《紅樓夢》也從「還淚」的故事開始。粗鄙刻薄的社會是不會懂「還淚」的意義的。

張籍的這首好詩也有一個奇怪的題目〈寄東平李司空師道〉，李師道是當時一個節度使，看上張籍的才幹，要網羅他入幕做官，張籍不想去，就寫了這首詩委婉拒絕。

這樣的題旨使這首詩的解讀又完全不同了，「妾」是張籍，「君」是李司空，「良人」是唐朝政府，「明珠」是李司空提供的官位。一首愛情詩就變成企業機關挖角的爭奪戰了。

詩當然有很多隱喻象徵，這樣的題旨解讀留在詩的考試和教學裡無可厚非。但是一首在今天對青年人有頗多情操感悟的好詩卻可能因此流失了真正的價值。考試考對了，知道了張籍與李司空的關係，但是又何關文學的價值呢？

其實我連〈節婦吟〉這樣的題目都不喜歡，加了「節婦」二字，這美麗的唐朝女子就要受後世批判了。明末作《唐詩解》的唐汝詢就說：「還珠之際，泣涕連連，節婦之節，不幾岌岌乎——」

男人議論起女性「貞節」的時候都異常刻薄，唐汝詢指責這女子歸還明珠的時候還哭得「雙淚垂」，可見貞節不堅定。

唐汝詢對生命中的「遺憾」、「抱歉」、「感恩」都已不能了解了，如此做「詩解」也只是活生生把好唐詩都一一「屍解」了。

還是忘了這些「屍解」吧，回到出土的唐代女子身上，看一看她們對自己的健康大方明媚的自信吧，她們如同豔陽下的春日好花，使人相信一個文化曾經如此活潑過。

天涯何處——東坡詞的生命意境

宋儒拘限，詩詞甚少與自然天地對話的開闊胸襟。東坡「我欲乘風歸去」，振衣直起，承接初唐飛揚精神。

宋詞裡最被大眾喜愛的，無疑是蘇東坡。柳永的詞在北宋當時也流傳甚廣，「凡有井水處，必歌柳詞」，曾經是流行歌裡最暢銷的詞曲作者吧。但是一千年過去，東坡文句的傳唱之廣，時間跨距之大，文句深入民間的影響力強度，都非柳詞所能比。

「天涯何處無芳草」，「十年生死兩茫茫，不思量，自難忘」，「明月幾時有，把酒問青天」，「人有悲歡離合，月有陰晴圓缺」，「大江東去，浪淘盡，千古風流人物」，「江山如畫，一時多少豪傑」，「人生如夢」——東坡許多句子，幾乎成為家喻戶曉的成語。連不識字的老嫗老叟，也能琅琅上口。創作親近大眾，就不僅是在字句詞彙上雕琢磨牙，而是用最淺白平凡的文字貼近真實的生活，不做作，不矯情，才能隨歲月淘洗，愈來愈在民間發生情感上廣大的共鳴吧。

一千年過去，漢語詞彙隨不同時代的更新，歷代有歷代文風用字特點。但是時間愈久，愈能看出東坡文字語言的平實。立足在語言最大的廣度基礎上，幾經時代變遷，文句詞彙還是歷久彌新，沒有過時落伍之感。「多情應笑我」五個字，又是古典，又極現代。情至深處，回到平常心，是所有創作者最難過的一關。東坡過了這關，真實，簡易，平凡，也因此能寬容，能豁達。東坡是聰明的，當然自負，也看不起一些人。但他也最能自嘲，看到自己的缺陷不足，在他人精明處糊塗。即使總有悲憤，總有貪嗔，也都在自嘲裡可以化解，呵呵一笑——「多情應笑我」，是東坡自嘲，也是東坡坦蕩，是東坡獨自得意的喜悅，也是東坡孤獨的蒼然苦笑吧。

青春自喜——〈蝶戀花〉

〈蝶戀花〉是我喜歡的東坡作品，「花褪殘紅青杏小，燕子飛時，綠水人家繞。枝上柳綿吹又少。天涯何處無芳草。」

〈蝶戀花〉前半闋看來只是風景平鋪直敘，作者走在風景中，東看西看，不那麼著意寫詩。看看凋零衰退的殘紅，看看剛萌生出來小粒的青杏，紅綠相間，創作者對色彩有畫家的敏感。暮春初夏，燕子翻飛，一彎綠水環繞著村落人家。

「燕子飛時，綠水人家繞」，放在白話裡也是好句子，放在今天的流行歌裡，也一樣是好歌詞，卻平凡無奇，沒有一點困難費力。不用典故，沒有奇僻的字和韻。詩人看到風景，述說風景，風景自然到不需要妝點修飾。

宋人美學每每說「平淡天真」，但書畫詩文上能做到的，其實沒有幾人。一賣弄就無法天真，一矯情刻意就無法平淡。

詩人在歲月裡走著，有一點感傷柳絮在風裡飄散，「吹」字用得極好，好像有一個無形的力量催促著時光。但是詩人本性是樂觀的，他一涉感傷，很快就轉圜出新的豁達——柳絮也是種子，不留戀枝頭，就飄撒向天涯。「天涯何處無芳草」，像自嘲，其實是領悟生命的擴大。柳絮飄散，失去的既不可得，自然天地之大，生命無處不在，柳絮也會天涯海角落土生根。風景的平鋪直敘，有了最後一句收尾，才有了提高，有了生命的意境，可以反覆沉緬了。

〈蝶戀花〉後半闋很精采，走在風景中的人忽然遇到事件，聽到高牆裡有笑聲，有女子盪鞦韆的喧譁。牆外的道路，牆外的行人，一時徘徊踟躕，陌生不關己事的風景活了起來。

「牆裡鞦韆牆外道，牆外行人，牆裡佳人笑」——東坡用的是現代電影「蒙太奇」（Montage）的手法。萌芽於二十世紀初的蒙太奇是畫面的剪接，把不同時空並列，讓讀者自己去拼圖。東坡用了「牆裡」、「牆外」、「牆外」、「牆裡」四次蒙太奇，古詩詞裡叫「頂真格」，使原來無關的「鞦韆」、「道路」、「行人」、「佳人」四個元素，產生鑽石切面般的光的折射。

盪鞦韆的女子，道路上的行人，牆裡的笑聲，行人的窺探，牽連成有趣的關係。

東坡對人有關心，即使後來為小人陷害，坐了牢，常跟朋友說「多難畏人」，吃了虧，對人有了畏懼提防，但本性上還是喜歡親近人。走在暮春的路上，聽到牆裡有女子盪鞦韆的歡笑聲，忍不住想探頭看一看吧。

東坡或許沒有想到探頭探腦驚擾了牆裡的少女，一溜煙笑著跑了，留下他一個人，被誤解了，或被罵了，有一點懊惱，這麼美好的時光，他用帶一點無奈的自我嘲弄方式笑一笑，解脫了自己——「多情卻被無情惱」。

〈蝶戀花〉真好，詞彙文句音韻都沒有難度，但或許難在心境吧，難在詩人可以回頭來做了這麼真實的自己。對美有眷戀，對人有好奇，卻生活在世俗間，要守世俗規矩，只好自嘲「多情」。詩詞裡這麼直白地講自己的貪嗔癡愛，一無隱諱做作，是東坡可愛處。極高明，卻能道中庸。有深情，卻能解脫。平易近人，東坡詞所以千古以來令人喜愛。

清末學者王闓運批評〈蝶戀花〉說：「此則逸思，非文人所宜。」隔著牆頭，聽女子笑聲，窺探女子盪鞦韆，學者正經八百，覺得東坡不守規矩，「逸思」是想入非非吧，王闓運不算太八股迂腐的學者，但還是告誡「文人」不宜。

東坡好像不那麼刻意要做「文人」，文人還是要像人，像「文人」而不像人了，也就無趣。

〈蝶戀花〉的創作年代有不同說法，蘇詞編年常把這件作品歸在東坡謫居惠州時作。這樣編年大多是依據清代張宗橚《詞林記事》所引的一段故事——東坡在惠州，侍妾朝雲唱〈蝶戀花〉，想到「枝上柳綿吹又少，天涯何處無芳草」，歌喉將囀，淚滿衣襟。

朝雲唱〈蝶戀花〉不勝哽咽悲抑，並不說明這首詞一定是東坡在惠州所作。有時恰是因為一首舊作品，歷經歲月滄桑，同樣的句子，更能引人傷感。人到了六十歲，回頭去聽中學時的歌，即使歌詞歡樂，聽起來還是有歲月滄桑。東坡年老，謫居嶺南，侍妾都去，朝雲唱〈蝶戀花〉，或許觸景生情，有更深的感懷吧。

以作品而言，〈蝶戀花〉文句情感青春喜氣，接近東坡四十歲以前的得意瀟脫，放肆不羈，甚至，帶一點年輕時的調皮，春光明媚，鳥語花喧，還沒有「烏台詩獄」大難以後的沉重。

東坡自在，做人大器，寫字，寫文章，畫畫，不拘泥規矩小節，「行於所當行，止於不能不止」，也就是美學的本來面目。

悼亡〈江城子〉正月二十日夜記夢

另一首東坡動人的作品是悼念亡妻王弗的〈江城子〉。遇到過許多不以文學為專業的朋友，談起這首作品，詞牌不一定知道，但是可以琅琅上口——「十年生死兩茫茫，不思量，自難忘。千里孤墳，無處話淒涼。縱使相逢應不識，塵滿面，鬢如霜。」蘇詞極好處，不需要注解，用心朗讀，都有體悟，瑣碎教授技法，反而離蘇詞遠了。

王弗十六歲嫁給十九歲的蘇軾（一〇五四年），他們是故鄉的少年夫妻。從進京中進士，到進入官場，王弗陪伴東坡十年。

一〇六五年王弗逝世，匆匆十年過去，在生與死的異路上，忽然夢中相遇了。作者坦蕩地說：「不思量，自難忘。」平常沒有特別思念，但是十年夫妻，自然難忘。悼亡詩，悼亡元配的詩，寫到如此真實，如此情深義重。「不思量，自難忘」是平實情感的真相，東坡自然道來，沒有一毫做作。

文人情感浪漫，留戀歌妓姬妾的詩作多，為元配寫的好作品難得。東坡回到了人的本分，直書結髮之恩，樸素平實，卻深情厚重，讓所有的「元配」安心。

「縱使相逢應不識，塵滿面，鬢如霜。」少年夫妻是紅顏記憶，但是歲月飄逝，容顏換改，早逝的王弗，在路上相遇，怕也認不出東坡了吧。知己恩愛，也可能在歲月裡成為陌路嗎？

摯愛最怕無法相認，最親密的人也可能一朝不能相認嗎？

王弗十六歲新婚時美麗明媚，對著窗口陽光梳妝打扮，「小軒窗，正梳妝」，元配的美，不容易被喚起，東坡在自己「塵滿面、鬢如霜」之後，記憶著王弗初婚的漂亮。

「相對無言，唯有淚千行」，東坡四十歲，尚未經歷為小人陷害的大難，但是青春恩愛傷逝，生命蒼涼無奈，已使他泣不成聲了。

〈蝶戀花〉是春日佻達欣喜，〈江城子〉傷逝悲鬱荒涼，都是東坡，他走在漫長的生命途中指點歲月，或笑或哭，留下了好句子。

普世之願——〈水調歌頭〉

和悼念妻子王弗的〈江城子〉一樣，為大眾最廣為流傳琅琅上口的東坡作品，還有中秋夜晚寫的〈水調歌頭〉。

東坡的〈水調歌頭〉是中秋月夜醉飲的放懷之作，詞前一序——「丙辰中秋，歡飲達旦，大醉，作此篇，兼懷子由」。

中秋夜晚，痛飲大醉，人生感悟，悲歡離合，說的是子由，也更是寫天下眾生的心境。從一己私情擴大，有普世的共鳴，「但願人長久，千里共嬋娟」，映照出生命的大願望。文句如此淺白世俗，但是，願深意重，可以完全不避俗世言語。

文學創作者多害怕落俗套，東坡卻從不忌諱。文人高明孤僻，最終還是要回到庶民百姓俗世的謙卑，知道悲歡離合，眾生都苦，願望就是真心低頭祝禱誦念，不會是自己文句的雕琢賣弄吧。

〈水調歌頭〉朗讀起來，跟〈江城子〉一樣，流暢自然，沒有拗口的疙疙瘩瘩。幾乎可以不用看字，純憑聽覺都可以聽懂。古典詩詞中，經歷一千年，還在大眾間廣泛流傳被喜愛，沒有幾件作品可以做到，東坡立足於真實生活，他的美學核心也就是人的關心。

「明月幾時有？把酒問青天。不知天上宮闕，今夕是何年。我欲乘風歸去，又恐瓊樓玉宇，高處不勝寒。起舞弄清影，何似在人間？」

李白被稱為「謫仙」，東坡也是屬於「謫仙」形態的生命。來人間一趟，只是貶謫，終究要回天上的故鄉。李白獨自在花間喝酒，沒有人相伴，他也不屑跟亂七八糟的人喝酒，寧可「舉杯邀明月」，寧可在最孤獨寂寞時跟自己的影子喝酒。

東坡「把酒問青天」追溯到李白的自負與孤獨，追溯到初唐張若虛「江畔何人初見月？江月何年初照人？」與宇宙對話的氣度，也直接溯源到屈原「天問」的向天地發問。

儒家側重倫理，太過重視人與人的關係，少了孤獨感，少了向浩渺宇宙探究的「天問」精神，宋儒拘限，詩詞甚少與自然天地對話的開闊胸襟。東坡「我欲乘風歸去」，振衣直起，承接初唐飛揚精神。「起舞弄清影」，脫胎於李白「我舞影零亂」，孤獨者在撩亂的歷史裡醉舞狂歌，知道自己的生命暫時走不掉，自嘲自憐，莫若回頭跟影子相伴相隨。

月光流轉，穿透窗戶，照著醉醒無眠的孤獨者。孤獨者說「不應有恨」，不應該有遺憾怨恨，孤獨者向皓月發了大願——月亮有陰晴圓缺，人也有悲歡離合，沒有絕對的圓滿，懂得接受遺憾，也就是圓滿的開始，「但願人長久，千里共嬋娟」。大眾喜愛東坡，因為東坡與大眾有共同生命的願望，一般詩人或許不敢如此直白使用最世俗鄙俚的語言吧。

〈江城子〉與〈水調歌頭〉都應該大聲朗讀，不用刻意，不用矯情，用最大眾的聲音，最日常平凡的聲音，或許就是最貼近東坡的聲音吧。

東坡四十歲寫〈江城子〉，四十一歲寫〈水調歌頭〉，都是至情至性的作品，然而生命還有更大更難的功課要做。還有三年，他要遭逢大難，為小人陷害，關進牢獄，詩句一字一字當把柄，要置他於死罪。或許心中懷著普世的大願，還要過生死一關，否則也難徹底覺悟吧。喜愛讀佛經的東坡，要考驗自己生死關頭是否真能做到「不驚、不怖、不畏」了。

從牢獄出來，下放黃州，從憂苦憤怒仇怨中走到大江之濱，東坡做完這一次功課，才有更坦蕩的肺腑胸襟高聲唱出「大江東去，浪淘盡——」天涯何處，東坡的創作還只走到中途。

多情應笑我

晴日當空，是喜悅，風雨，也可以是喜悅。解脫了愛憎喜怒，解脫了自己分別好壞的執著，生命可自然處處都是喜悅歡欣。

元豐二年（一〇七九）東坡為小人陷害，把他的詩句文集逐字逐句摘錄，羅織罪名，認為他詆毀新政，訕謗君上，逮捕入獄，交有司勘問，押解至「烏台」，要判他死罪。押解途中，東坡曾經企圖自殺。關在牢中一百多天，文字獄牽連七十多人，最後有二十幾人受罰，這就是歷史上著名的「烏台詩獄」。因為寫「詩」犯罪，對一向坦蕩自適灑脫自在的東坡而言，當然是他生命裡最艱困悲苦的時刻。

但是對創作者蘇東坡而言，這次莫須有的牢獄之災或許也正是他生命境界轉變的大關鍵吧。牢獄中東坡曾經寫下絕命詩，寄給弟弟子由——

是處青山可埋骨，他時夜雨獨傷神；
與君世世為兄弟，又結來生未了因。

東坡落難，在絕望困苦中，詩句也沒有尖酸忿怨的字，對生命的緣分仍然一往情深。有世世為兄弟的緣分，有來生因果，小人尖刻殘惡，是不用計較的吧。

「烏台詩獄」一百多天，李定、舒亶，逐字逐句勘問東坡詩詞作品。他們像是在做嚴格評論，卻不懂詩，歷史不會記他們的名字，一千年來，大眾記得的還是東坡詩裡的平和溫暖。

元豐三年（一〇八〇）東坡經多人營救，免除死罪，下放黃州，一直到元豐七年（一〇八四）離開，他在這大江之濱住了四年。

帶著牢獄出來驚魂甫定的痛苦，在恐懼、焦慮、嗔怒、不平、委屈的情緒裡糾纏著。一個創作者，心事煩亂汙濁，然而，此時此刻，正可以跟自己做最深的對話。

初到黃州，心情鬱悶，常常夜飲爛醉的東坡，在市集中為醉漢推罵的東坡，在孤獨的月夜看著大雁驚飛的東坡，倚靠著手杖，聽大江浩浩蕩蕩流逝的東坡，此時，他要做的功課，不再是文字的功課，而是生命的功課了。

〈卜算子〉——揀盡寒枝

缺月掛疏桐，漏斷人初靜。誰見幽人獨往來？縹緲孤鴻影。
驚起卻回頭，有恨無人省。揀盡寒枝不肯棲，寂寞沙洲冷。

〈卜算子〉有「黃洲定慧院寓居作」幾個字的副題。東坡在元豐三年二月到黃州，最初借居定慧院。五月以後，有人幫助他遷居臨皋亭，經營東邊坡地，才自號「東坡」。因此有人認為〈卜算子〉是東坡初到黃州的作品。

以〈卜算子〉的內容來看，淒厲、孤峭、荒寒，是黃州時期東坡作品最流露出不平、剛硬、孤傲情緒的一件。

剛出牢獄，夜晚無眠，殘月疏桐，在漏斷人靜的寂寞中，幽居的人，獨自來往，被驚嚇飛起的大雁，影子一閃即逝。

「驚起卻回頭，有恨無人省。」心裡有恨，沒有人理解。這是無妄囚居之後東坡講自己的心事。

「驚」之一字動人，是驚弓之鳥，是驚魂甫定，頻頻回首，小人酷吏，過了生死一關，東坡還是徒自心驚。

此時此刻，生命還有最後的堅持嗎？揀盡寒枝，即使在最絕望中，也不隨便妥協，也不蠅營狗苟。東坡如此豁達，如此溫暖，卻對汙濁的政治陷害說了最尖銳剛烈的話——「揀盡寒枝不肯棲，寂寞沙洲冷」，孤傲自負，是生命決絕不肯隨波逐流的明白宣告。

〈卜算子〉尖銳淒厲，感覺到詩人受傷以後的痛，感覺到他的憤懣委屈。在許多受無妄之災的文人身上，都看得到同樣尖銳犀利的瞋恨。

但是，東坡不同，東坡似乎應該有更大的格局去寬容生命的受苦吧。

淒厲尖銳，畢竟不是普世庶民的關心，比較起悼亡的〈江城子〉，比較起發普世大願的〈水調歌頭〉，對一般廣大百姓而言，〈卜算子〉並沒有受到民間販夫走卒最大的喜愛。

文人自傷自憐，也要適可而止。東坡尖銳淒厲後，很快有了轉圜擴大。黃州四年，東坡留下了最好的作品，〈赤壁賦〉、〈臨江仙〉、〈寒食帖〉、〈念奴嬌〉，文章、詩詞、書法，都達到最高峰，「揀盡寒枝」之後，東坡沒有一味酸苦，還是回到了平實做人的本分，好好生活。

〈定風波〉——也無風雨也無晴

也許，從生命的領悟來看，〈卜算子〉的尖銳淒厲，還是要向寬闊平和過渡。比較起來，東坡的〈定風波〉顯然是在「揀盡寒枝不肯棲」的孤絕之後，有了新的轉圜擴大，有了不同生命層次上的覺悟吧。

我喜歡東坡在黃州給朋友寫信的一段話，他說，在市集喝酒，為醉漢推罵，「自喜漸不為人識」。東坡年輕就有盛名，因為有「名」，容易沾沾自喜。「名」當然只是自己執著，到了鄉下荒野市集，拉車賣菜的，誰知道你有「名」？市集裡當然沒有人認識東坡，喝醉了酒，跌跌撞撞，推倒東坡，還罵他兩句。東坡大概最初也生氣，但想一想，沒有人認識他了——「自喜漸不為人識」，多麼高興，漸漸沒有人知道他是誰了。

市集裡醉漢的推罵竟然像佛法開示，《金剛經》是東坡常讀的，「無我相，無人相，無眾生相」，光讀沒有用，還是要在生活裡參悟吧。別人推罵就生氣，當然是「我相」、「人相」都還執著，也就沒有真正讀懂《金剛經》。

東坡在黃州的作品常加一序，「序」白描事件，文句簡潔，是好散文，〈定風波〉的序就很好——

三月七日，沙湖道中遇雨，雨具先去，同行皆狼狽，余不覺。已而遂晴，故作此。

半路途中，下雨了，雨具不在身邊，同行的朋友淋了雨，很狼狽，東坡無所謂，不多久，放晴了，就寫了這首詞——

莫聽穿林打葉聲，何妨吟嘯且徐行。
竹杖芒鞋輕勝馬，誰怕？一蓑煙雨任平生。
料峭春風吹酒醒，微冷，山頭斜照卻相迎。
回首向來蕭瑟處，歸去，也無風雨也無晴。

東坡的淒厲傷痛好了，心境平和了，領悟到如果認定風雨是災難，當然狼狽，如果風雨也可以是「穿林打葉」的韻律節奏，就不妨開心地長嘯高歌，一路吟唱，慢慢走，當美好音樂來聽。

晴日當空，是喜悅，風雨，也可以是喜悅。解脫了愛憎喜怒，解脫了自己分別好壞的執著，生命可自然處處都是喜悅歡欣。

「回首向來」，像是說那一天走過的路，也像是說自己一生走過來的路，回頭去看，漫漫長途，東坡做完了功課，知道晴是好日子，風雨也是好日子。

〈定風波〉與〈臨江仙〉大約都創作在元豐五年（一〇八二），在黃州過了兩年，心情平復許多，經營了臨皋亭一片東邊坡地，完成了書房「雪堂」，安定了下來，這一年，東坡創作了一生最好的作品〈定風波〉、〈赤壁賦〉、〈寒食帖〉、〈臨江仙〉。

〈臨江仙〉——倚杖聽江聲

夜飲東坡醒復醉，歸來彷彿三更。家童鼻息已雷鳴。敲門都不應，倚杖聽江聲。

〈臨江仙〉朗讀起來，比〈定風波〉更為直白流暢，東坡又回到極為平常生活的語言。

〈臨江仙〉的文句，像素描，簡潔單純幾筆，勾勒出東坡在黃州生活平實而又真切的畫面。

在東邊坡地喝酒，醉了醒，醒了醉，回家已經半夜三更。家童沉睡，打呼鼾聲像打雷，敲門都聽不見，只好倚著手杖聽江水潮聲。

東坡的句子，不需要解釋翻譯，五個句子都像白話素描，「鼻息雷鳴」，「敲門不應」，都不像「詩句」，顛覆了詩句一定要雕鑿搞怪、刻意文雅的誤解。

隨緣度日，「敲門不應」可以懊惱抱怨，但也可以一轉念就欣喜起來，門外一條大江，正是好機會，可以倚靠手杖，靜靜聽一聽大江流去的聲音。

生活擺脫了喜怒愛恨的執著，創作就可以自由了。東坡在〈臨江仙〉裡寫當下的平凡生活，筆筆寫實，卻也筆筆都可以是隱喻。詩人刻意造作隱喻，往往容易偏離真實生活，失了生活的真實，也常常失了隱喻本意。

長恨此身非我有，何時忘卻營營。

一生忙碌，卻好像身不由己，都忙什麼呢？

為別人做功課，做給別人看的功課，都不是最難的功課。最難的功課，通常是自己給自己的功課。

一次大災難，過了生死一關，愧疚十口家人受累，弟弟貶謫，好友都遭牽連下放。東坡在黃州時給朋友寫信，多無人敢回信，政治的恐懼牽連，可以理解，一般人也許會慨歎世態冷暖，東坡說「多難畏人」，害怕人，遠離人，正是找到機會，好好給自己做一次孤獨的功課。

這生命本來不是自己的，忙忙碌碌，總是為他人活著，什麼時候能回來好好做一次自己？

夜闌風靜縠紋平。小舟從此逝，江海寄餘生。

東坡還是在聽江聲，大江的聲音，驚濤裂岸，像佛法梵音，一波一波，他聽到歷史，聽到歷史的爭戰喧譁，聽到輸贏，聽到得意者的笑，失意者的哭，聽到灰飛煙滅，聽到風平浪靜，靜到極致，心裡響起歷史上最動人的一段歌聲——大江東去——

〈念奴嬌〉——江山如畫

大江東去，浪淘盡，千古風流人物。故壘西邊，人道是，三國周郎赤壁。亂石崩雲，驚濤裂岸，捲起千堆雪。江山如畫，一時多少豪傑。

遙想公瑾當年，小喬初嫁了。雄姿英發，羽扇綸巾。談笑間，強虜灰飛煙滅。故國神遊，多情應笑我，早生華髮。人生如夢，一樽還酹江月。

〈念奴嬌〉有「赤壁懷古」四字注記，詞句中也歷說「三國周郎赤壁」，但也早已有學者辯證，東坡遊玩的赤壁，並不是三國周瑜火燒曹軍戰船的赤壁。詩評詩注，有自己的興趣。東坡看風景，並不執著一定是歷史的風景，詩句裡「人道是，三國周郎赤壁」，明明白白就是聽村落人傳說，東坡也無意考證辯論。

詩人的風景大多與歷史無關，也與地理無關，詩人的風景就是自己心事的風景。

「大江東去」我聽過北崑侯少奎唱的〈關大王單刀會〉，關漢卿的詞曲悲壯沉鬱，尤其是〈新水令〉的「大江東去浪千疊——」，以及〈駐馬聽〉裡的「水湧山疊，年少周郎何處也，不覺得灰飛煙滅——」，由老年關羽在船上唱出，慷慨蒼涼。關漢卿也不管史實，三國關羽已經唱出宋詞詩句，但在戲曲舞台上真是動人。一片大水，英雄老矣，看大江東去，想少年豪傑，意氣風發，歲月逝水，創作者指點江山如畫，卻不必拘泥歷史的風景。

「大江東去——」是東坡創造的風景，與歷史無關，也與地理無關，卻一代一代傳唱在人們口中，成為文化的風景，美學的風景。

南宋時陸游、范成大，都因為這首名作刻意跑到黃岡，實地考證東坡遊的赤壁。他們很失望，沒有看到「亂石穿空」、「驚濤裂岸」，認為東坡詩句誇大，與實際風景不符。范成大說：「赤壁，小赤土山也。未見所謂『亂石穿空』及『蒙茸峻巖』之境，東坡詞賦微誇焉。」

詩人走在風景中，指點江山，後人多事，跟著去看江看山，多半是要失望的。詩人指點江山，也多是心境中的江山，與歷史與風景都關係不大。

近年許多人拿著黃公望的畫去找「富春山居」，也大多在富春江上灰頭土臉。風景自然也有緣分，即使是好風景，有些人也是看不見的。

「大江東去」還是做為一種心事來看更動人，千古以來，時間淘洗，所有的生命都如逝水，曾經叱吒風雲，橫絕一世，最終都是灰飛煙滅，生命的領悟看得透徹，並不是沮喪悲傷，東坡在歷史灰飛煙滅裡仍然看到「江山如畫」，看到多少豪傑的生命，如此年輕過，眷戀過，夢想過，曾經如此明媚華麗。

「遙想公瑾當年，小喬初嫁了」，這是東坡詞最動人的跌宕欣喜，「遙想」——「當年」——是青春回憶，是〈江城子〉的「小軒窗，正梳妝」，也是〈蝶戀花〉的「牆外行人，牆裡佳人笑」，東坡在落難滄桑之後，沒有丟棄失去他的青春自喜，他看到周瑜在大歷史裡爭霸，但他更願意看到一個年少英雄新婚時小小的快樂。學者常說東坡詞「豪放沉鬱」，豪放沉鬱，若不委婉，就顯粗魯。東坡的豪放裡處處是委婉，豪放才有細致，沉鬱中也才有光的層次，如他常說好書法在「收放之間」，創作能放而不能收，就容易流於誇張躁動。

東坡老矣，但生命裡總是對美眷戀不忘，即使落難過，即使歷經辱罵陷害，東坡本

性的愛美依然如此華麗光明，不受汙染，才有「小喬初嫁了」這麼乾淨漂亮的句子吧。「談笑間」，「灰飛煙滅」，也都可以是民間口語，平凡的字句，一轉瞬，就像偈語，都是領悟。

「多情應笑我」是我最愛的句子，生命自喜，有緣都是多情眾生，也都可以在生命豁達處心心相印擊掌哈哈一笑。

摸著滿頭花白頭髮的東坡，看清楚人生如夢的東坡，一杯酒祭奠江水，祭奠月光，詩人以酒還江，以酒還月，也以此身還諸天地。「還酹」，「還」是感恩，「酹」與「淚」同音，詩人有淚，可以祭奠美，也祭奠歲月。感恩之時，詩人也是熱淚盈眶吧。

〈念奴嬌〉之後，東坡現實中幾度浮沉，或貶嶺南瘴癘的惠州，或貶蠻荒的海南島儋州，然而他在認真做生命的功課，在瘴癘中讚美荔枝好吃，在蠻荒之島靜觀領悟天涯海角的壯闊宏大，別人的懲罰折磨，一轉瞬，都變成了生命的獎賞，東坡的生命無入而不自得了。

用七首東坡最為大眾喜愛的作品，串聯東坡生命的波折領悟，或許，最好的文學，其實也就是詩人生命的本相，大可不讀詩評詩注，丟開一切典故格律牽絆，質樸大聲朗讀，或許就是最親近東坡的方式吧。

二〇三七年，將是東坡誕生一千年，世界或許應該紀念這樣一個生命留在人間的美好聲音吧。

卷二
肉眼

肉眼

我帶了《金剛經》，晨起念誦，學習日本傳統「聲明」的方法，試著讓自己的誦念與水聲對話。水聲與誦念若即若離，悠悠蕩蕩，但總不容易做到純一一念。

水上

大暑過東京，都市人多樓高，更覺燠熱。沒有停留就轉往高崎，搭上支線小火車，一站一站慢慢沿利根川向北行，大約兩小時到群馬縣的水上小鎮。日本或台灣都一樣，有了快速交通工具像新幹線或高鐵之後，許多快速火車不停靠的小村鎮迅速被遺忘了。

普通的支線火車，車廂老舊，但仍維修得潔淨平實。乘坐的人不多，車行速度緩慢。每一站停靠時間都長，好像一下子就被拉回到上個世紀六〇年代的生活節奏，類似小津安二郎的電影場景就重新一一浮現了。

一站一站停靠的支線火車，乘客多是當地居民，彼此禮貌招呼：「早安！」「日安！」月台上穿灰藍制服的站務員，車行前，脫下帽子，向將開行的列車深深鞠躬，灰白頭髮的身影在慢速度中遠去，都像是持續三十年以上沒有改變的儀式。

生活裡有儀式，雖然有時覺得太多禮，比起失了秩序的社會，還是讓人安心。

火車經過的村鎮，雖然被有些人遺忘了，卻都踏實而簡樸。車窗看出去，依靠河岸，多是幾戶人家自成一個社區。老年的夫婦在菜田裡工作，一畦一畦的菜圃，齊整乾淨，有生活的喜悅。每一家田地範圍不大，大約也就是一戶人家可以勞動照顧的空間。緊依菜田旁邊，常常就是墓地，有黑色的一方一方的碑石，一樣齊整乾淨。

老夫婦在田裡工作，整理菜圃裡的蘿蔔、包心菜。有時就近走到墓地，拔拔野草，擦擦碑石上塵土，在墓前供一兩枝野花。

生死如此，一目瞭然，使人沒有非分妄想。

大都市往往在生死間錯亂了太多不相干的雜事，本末倒置，顛倒夢想，就不容易看清楚生死之間如此簡明扼要的關係。

利根川是日本第二大河流，自北而南，流域貫穿關東平原，流經的地區多是農業重要的縣市。火車沿川上溯，河道從平原的寬闊逐漸轉為峽谷，岩層盤疊，山勢也開始陡峭起來。

水上已是支線火車接近終點的地方，再下去就是日本重要山岳谷川岳的登山口，是著名的風景區，有名的草津溫泉也在附近，水上離風景區擁擠人潮有一點距離，相對就安靜一些。

水上居民不多，沿利根川峽谷建造的大型建築多是觀光飯店。有些侵占河谷，與自然景觀並不協調。但不知是什麼原因，或許觀光過度膨脹，沒有商人預期的利益吧，原來刻意建造的霸氣旅館有幾家都荒廢了，無人管理經營，被藤蔓盤踞，玻璃窗破碎，看來有些荒涼。

這裡曾經是太宰治養病寫作的地方，不知他是不是也看到了繁華過後沒落頹廢的荒寂。只有峽谷中的水聲依舊——

水上到處都是水聲，整個小鎮跨在峽谷兩側，走到哪裡都琤琤淙淙，潺湲不斷快慢大小的水流聲盈耳。

我住的飯店也建在峽谷岸邊磐石上，躺在房間榻榻米上，或泡在溫泉裡，也一樣水聲豐沛充盈，長風從峽谷隨水吹來，大暑前後，卻全沒有了熱燥燠悶。

午後一場急雨，一夜的谿谷，川流洶湧，澎轟激濺，好像許多說不完的心事。

我帶了《金剛經》，晨起念誦，學習日本傳統「聲明」的方法，試著讓自己的誦念與水聲對話。水聲與誦念若即若離，悠悠蕩蕩，但總不容易做到純一一念。

水上有著名諏訪峽峽谷，河床是整塊岩磐，被水雕鏤侵蝕而成。利根川發源於大水上山的源頭，經過奧利根湖，水勢盛大，不斷向下切割岩磐，很像太魯閣大山被塔次基里溪侵蝕。

峽谷兩側看得見高水位時留下的水痕，一一記錄在堅硬的岩磐上。水如何沖激、侵蝕、擺盪，如何迴旋、婉轉、淘洗，所有水痕的歲月都在岩石上，像一條河川在峽谷裡說了他上億年來幾世幾劫的愛恨故事，如此訴說不完，娓娓道來，彷彿跟清晨的誦經聲量糾纏著不可知的因緣。

肉眼

《金剛經》裡，佛陀問須菩提：「如來有肉眼嗎？」須菩提說：「是，如來有肉眼。」

我聽到峽谷水聲，水聲當然就是水聲了。肉眼所見的種種形色，肉身的耳朵所聽到的聲音，肉身的鼻腔所嗅的氣味，肉身的舌根所嘗之味覺，肉身的膚觸感覺到的痛或癢，如來與眾生也都一樣吧。

那麼，如來聽到的水聲也一樣嗎？

佛陀又問須菩提：「如來有天眼嗎？」須菩提說：「是，如來有天眼。」

窗外谷川岳山巔猶有年前殘雪，鄰近居民說，水上冬季雪大，整個峽谷都被冰雪覆蓋。我在旅邸廳堂也看到幾張雪景的水上攝影，的確是白茫茫一片，與夏季綠色的蓊鬱不同。

冰雪凝結，不知那時是否還有水聲？

人的「肉眼」所見是有局限的，如果有機會從天地自然的高度去看，如果有機會從「天眼」看世界種種，或許會是很不一樣的形色吧？

民間「瞎子摸象」的寓言來自印度，摸到尾巴說繩子，摸到肚子說牆，都是瞎子執著一隅的限制，他們「肉身」所見所觸是真實的，卻蔽障了「天眼」觀照的全面，他們看不見完整的「象」。

《金剛經》法會上佛陀與須菩提關於「肉眼」、「天眼」的對話使我想了很久。

那些盈耳的水聲，凝結成冰雪，聽覺就不再是此時我「肉耳」聽聞的狀況了吧。

大暑前後晴日清晨，有機會看到峽谷幾座山巒間一絲一絲山嵐升起。雲舒霧捲，那像是「水」的另外一種聲音。川流之水若不奔流在陡峻峽谷崖石間，不翻騰成激濺的湍瀨，「水」一旦升在空中，成霧成雲，成霜雪雨露，也有各種「肉眼」所見的不同形色，那也會是如來「天眼」所見嗎？

「肉眼」常有所蔽障，認定是「水」，就不能認識「雲」、「霧」、「霜」、「雪」。

定義常也就是執著，畫家畫風景，要先取「視角」，用手指比劃，找座標焦點。

「視角」一旦固定，當然就是局限。「肉眼」見一樹，無法見林。「肉眼」俯瞰山下，就無法仰觀山巔，都是執著「視角」的局限。

執著於單一「視角」，往往就看不到宏觀全局，但因為執著，無法檢查覺悟到自己的狹隘限制，瞎子就要罵別人錯，彼此爭吵起來。

除非可以從「肉眼」擴大到「天眼」。

十一世紀的郭熙在《林泉高致集》裡提出了「平遠」、「高遠」、「深遠」的多透視點繪畫觀點，啟發了宋代山水畫從「肉眼」升高到「天眼」的視野。

「視角」受限於點，從「視角」的執著擴大，「視野」才有全面觀照，宋元最精采的長卷山水也才因此產生，從單一視點變成全局的瀏覽。

慧眼

佛陀繼續問須菩提：「如來有慧眼嗎？」須菩提說：「是，如來有慧眼。」

峽谷水聲仍然潺湲不斷，如果水凝結成冰，漂浮如雪，如果水昇華成空中雲嵐變滅，我們肉眼所見，我們天眼所觀，是不是也一樣都受了限制？

「慧眼」可能是更深一層對「色」「受」的透視嗎？

靜坐誦經，覺得潺潺水聲像佛說法，有千二百五十人俱，可以是如此一次因緣道場。

十九世紀末，塞尚提出了「線」在視覺裡的不連續觀點，顛覆了歐洲美術傳統觀看事物外在形色的方法，顛覆了五百年來學院視覺教育的執著。他從事的新繪畫運動不只是繪畫革命，是「視覺」革命，使人類的「肉眼」、「天眼」有機會向「慧眼」提升。「慧眼」不再是肉身生理的「看」，而是使「視覺」通向思維，塞尚的「繪畫」因此更像「哲學」。

周末水上來了一些都市游客，也是來避靜消暑吧。想到這兩天東京居民多出外度假，應該人少，就又乘車沿利根川向關東去。同一條川，幾天前沿江上溯，今日順水而下，沿路所見，風景不同，心境不同，老夫婦不在菜田工作，墓地也空無一人，有點悵然，但當然是自己執著。

在東京有竹九夢二畫展，作品不多，幾幅他為一九二三年關東大地震賑災畫的條幅，穿著紫灰條紋和服的女子坐在樹下，眼神有迷惘悵然。夢二當時大約也無心想畫，只是惦記廢墟上受災的眾生吧。

畫展場地就在東京大學對面，順路就去看了記憶裡特別喜愛的幾株老銀杏，秋天來過，一片金黃，此時扇形葉片也還是蔥綠。

一位老長輩二戰時在東京帝大讀書，戰後回到台灣，他晚年常跟我說起帝大正門對街有一叫「ROUAULT」的小餐廳，只賣咖啡和咖哩飯，學生常窩在店中一天，讀書、記事、聊天或聽音樂。盧奧（Georges Rouault）是二十世紀初法國重要畫家，筆觸粗獷沉重，常畫妓女和耶穌受刑題材，日本大正時期如芥川龍之介等人的文學都與他相近，多自我向內的心靈挖掘揭發，深沉黑鬱，錯雜人性情慾本質與宗教救贖。

我意外這餐廳還在，小小門面，進去吃一盤咖哩飯，喝一杯咖啡，好像對面還坐著二戰時青春卻憂愁的一個台灣青年沒有回去的魂魄。

在鳩居堂買了些手工因州捲紙，再乘車回水上，黃昏時分，水上的都會度假遊客都正準備離去了。

佛眼

佛陀關於「肉眼」、「天眼」、「慧眼」的問題還沒有結束，他繼續問須菩提：「如來有法眼嗎？」須菩提回答說：「如來有法眼。」

我沿利根川最陡狹的諏訪峽谷漫步，如此靠近，水聲與岩石都在眼前，生命裡有一次這樣對話的因果，是因為水上，還是因為《金剛經》？

從肉身的眼睛看到的一切色，從肉身的耳朵聽到的一切聲，從肉身的鼻腔嗅到的一切香，從肉身的舌根嘗到的一切味，從肉身的觸覺承受到的一切痛癢愛恨，本質上只是自己心中虛擬的一場場幻相嗎？

幻相裡有這麼真實的親人的擁抱，有這麼真實的骨肉身體斷裂破損的痛，有這麼真實的無助的呼叫，有這麼真實的歡悅狂喜激動，貪戀的父母愛人、妻女兒孫，嗔怒的仇恨，緊緊抓住不肯放手的人或物質，不肯放手的榮譽或恥辱，讚美或詆毀——

如果有一雙眼睛是可以透視到更深的本質，就可以放手了嗎？

譬如，看著五歲庭院玩耍的女兒，天真爛漫，愛到不能放手，但是，如果有一雙眼睛，可以看到她的下場與遭遇，那會是一種「法眼」嗎？

我竟然想到的是《紅樓夢》一開始關於甄士隱與女兒英蓮的畫面。

夜晚熟睡，水聲不斷，水聲裡聽到一塊頑石，陷在巨岩孔穴中，被歲月磋磨，頑石日夜旋轉，頑石在水流裡磨轉成圓球，長久以來，石球繼續旋磨著壺穴窟窿，水聲裡就有著圓石與窟窿旋轉摩擦碰撞的轟轟聲。

我嗅到屍骨腐爛間有一種氣味，只是肉身化解，離散成不可見、不可觸摸、不可聽聞的更細小的微塵，比沙更小，比微塵更小。

佛陀追問須菩提：「如來有佛眼不？」須菩提說：「如來有佛眼。」

我想淚水，無論多麼安靜，其實也是一種水吧！也可以在彷彿峽谷巨石的坎坷阻難間奔騰傾瀉或潺湲婉轉，找他應該找到的歸宿。

然而佛陀問須菩提：「如來看到的恆河之沙也是沙嗎？」

須菩提說：「是沙。」

如此簡明，一目瞭然。佛陀從「肉眼」、「天眼」、「慧眼」、「法眼」，一直修行到了「佛眼」，他眼中看到的沙，恆河之沙，也還是眾生看到的「沙」。

恆河中有多少沙數？可以一一細數嗎？數字計算可以窮及虛空間無數更多河流，更多河流裡多如細沙的眾生之心嗎？

清晨靜坐誦經，只是聽一次水上水聲，把佛陀與須菩提的對話複習一遍。

「過去心，不可得。現在心，不可得。未來心，不可得。」

過去心不可得
現在心不可得
未來心不可得

春消息

楊維禎、鄒復雷，乃至黃公望，……他們深知創作即是「修行」，牢記「應無所住」，謹慎自己，一涉「匠氣」，便萬劫不能再復。

每年過了冬至，小寒前後，就惦記著山上的梅花或許就要開了。

台灣地屬亞熱帶，住在平地，冬天並不寒冷，也不下雪，現實生活中，不常感覺到梅花是親近熟悉的植物。

但是台灣多山地，海拔一兩千公尺的山嶺隨處都是，入冬也都常飄雪，就是品賞梅花的好環境了。

北方南遷的華人移民，有長久的梅花傳統記憶。超過一千年，文人詩、畫，吟詠裡離不開梅蘭竹菊。延伸到民間工藝，諸如：廟宇花窗、剪黏、壁畫，服飾刺繡，傢飾上的雕花，錫器茶罐上的押花，也都不難看到各式各樣梅花變形的圖樣。

梅花在宋代以後，發展成為華人藝術圖像裡的主流。宋代已經有《梅花喜神譜》木刻印刷本的刊行，文人藉梅花抒解朝代興亡、家國鬱悶，隱喻異族統治的哀傷、不屈不撓的抗爭，或像著名的林和靖（林逋）先生，梅妻鶴子，終生不婚不仕，表達純粹個人的孤芳自賞，像梅花一樣，在寒涼冰雪中冰清玉潔。

梅花，從單純自然中的植物，附會了許多人加諸於它身上的隱喻象徵，被賦予了文化的聯想。眾水匯聚，梅花的歷史符號，愈來愈多，成為詩文、書畫、戲曲中常用的象徵暗示。一個原本單純的圖像，像滾雪球一樣，愈滾愈大，一千年來，從宮廷、文人，發展到民間，已經成為華人庶民百姓生活圖案裡最常見的一個符號。

一九四九年後，南遷台灣的政權，因為政治上的失敗吧，更極力維護梅花礪冰雪而不凋的象徵意義。梅花被推崇為堅忍不拔的民族（或政權）的精神符號，從軍隊的圖像（如軍階），到流行歌（梅花梅花滿天下），梅花一千年來累積的隱喻象徵，在這南國島嶼上，也被政權使用，到達前所未有的高峰。

有一段時間，在炎熱的南方島嶼，到處聽著「有土地就有它」、聽著「冰雪風雨它都不怕」，還是覺得有一點莫名的錯亂與荒謬。

因為，在現實生活裡，一般人對梅花還是十分陌生，遠不如對杜鵑、扶桑、百合、薑花的熟悉靠近吧。

然而，或許做為一種國策的貫徹吧，一九四九年遷台的政權，也確實在這南方的島嶼陸續培植了許多梅花生長的園地。

自然裡的一種植物，一種花，一種草，難免會因為人的附會，產生聯想、隱喻或象徵，像梅花之於宋、元漢族文人，像櫻花之於大和民族，像百合花之於基督教的聖母，都使花成為象徵符號，歲月長久，植物還是植物，卻已很難擺脫人所賦予的聯想了。

與許多島嶼居民一樣，梅花與我，有過各種牽連，家國的符號，政權的象徵，文人藉以自礪的隱忍，受傷的魂魄在冰天雪地裡對春消息的引頸盼望——一軸王冕的《南枝春早》，如此勁挺而又淡雅的梅花，枝幹蒼老，滿布苔蘚，細枝生發向上，千萬花朵，彷彿迎風搖動。那是記憶中，可以為一張畫，徘徊不去，流連一下午的外雙溪故宮。陳列室常常一下午都沒有人，只有自己在玻璃上孤單的影子，和梅花的繁複的細枝，千萬花蕾。那正是政治上整個島嶼瘋唱著「梅花梅花滿天下」的年代，然而，我彷彿覺得，只有林和靖的「疏影橫斜」「暗香浮動」，用詩句留住了梅花的風骨，只有王冕，用一軸《南枝春早》留住了梅花的蹤跡。

匆匆歲月，島嶼一季一季花開花謝，而今，瘋唱梅花的時代已成往事。許多牽連附會，都可以一一解開。過了冬至、小寒，我還是惦記著以前看過的山上梅樹是否已經綻放了梅花。

過桃園大溪，離台北很近的角板山，以前老總統的行館，栽植有大片的梅林。歲月久了，梅樹姿態虬老佝僂，老幹如墨，蒼苔斑蘚，勁挺奇磔。山上入冬大風強勁，梅樹主幹常常仆倒低偃，如龍蛇蜿蜒，貼地而行。新發的細枝卻筆直向上，騰沖升起，有時枝莖橫出，抽長數尺，花蕾集結密聚，千蕊萬蕊，在風寒中，花瓣在強風中離枝離葉，飄旋散聚，飛揚如雪。

距離立春還有一月餘，梅花卻已來報告春的消息了。

鄒復雷

在美國首府華盛頓國家博物館東方部門的弗利爾畫廊（Freer Gallery），蒐藏有一卷元代鄒復雷的梅花，記得畫卷引首就有山居道人題的三個大字「春消息」。

鄒復雷畫作不多，這一幅梅花長卷，以老幹起首，墨色斑斕堆疊，濃墨淡墨皴染交錯，組成低偃糾結的老梅樹幹，沉厚、蒼枯、樸拙。

老梅主幹上新生枝莖或筆直向上，或疏影橫斜，枝莖上花蕾初放，千點萬蕊的梅花。鄒復雷畫梅花的方式與王冕不同，早他七年的《南枝春早》（一三五三年），花瓣以細筆線條勾勒，後面襯以淡墨，反映出梅花的雪白晶瑩。鄒復雷以淡墨點染花瓣，再以濃墨點蕊，花瓣看來不似用筆，可能以紙絹團球印模而成。道觀中人，原不以技藝傲人，有時反而不按牌理出牌，有正統科班沒有的自由隨意。元代文人放曠，書法繪畫多不求形似，逸筆草草，重創作意境，而鄙棄亦步亦趨的匠氣。

畫幅中段，作者以一勁挺橫枝為主題，自右而左，筆勢橫伸斜出，占畫面一半以上的空間。這一橫枝，在空白中，一筆到底，氣勢衝雲貫月，自信而內斂，無絲毫怯懦，無絲毫浮躁，無絲毫緊張，無絲毫散漫，是元代文人在寂寞中修練自己，最後以書法入畫的極品之作。

鄒復雷的《春消息》，可以細細品味最後的一筆線條，像歌者高亢持續不斷的尾音，在極高音處，不斷拔起，源源不絕，氣力十足，卻不張揚，徐徐緩緩，靄入行雲。那一筆，也像南朝千峰萬嶺、岩壑深林間隱者的高嘯，只此一聲，山鳴谷應，天地都要低昂。聽到的人，在山路上有多少徘徊，彷彿夢中前世知音，音聲盪漾，低迴流連，如此讓肺腑都要熱起來的聲音，卻不知歌者人在何處。《春消息》長卷，兩張紙接裱，看得出來，最後一筆是占滿一張新紙，作者拿捏分寸，濡毫沾墨，要一氣而成，因為只有一筆，筆勢輕重疾徐，都留在空白間，使人反覆尋味，如繞梁不去的尾音。

看這張原作是近四十年前的事了，當時友人Stupler君正在普林斯頓寫有關趙孟頫的博士論文，他陪我看畫，感慨讚歎說：「我的論文不及這一筆。」《春消息》圖卷原是清宮舊藏，慈禧執政，把這一圖卷賞賜給雲南女畫家繆素筠，繆素筠當時是御用供奉畫家，官服三品，常為慈禧代筆，很受慈禧重用寵愛。民初，這一卷畫轉賣到收藏家郭世五（葆昌）手中，卷末有郭的題記，之後流出國外，成為美國首府的收藏。

楊維禎

這一卷《春消息》更難得的是卷末有楊維禎的長篇跋尾，書法縱肆狂怪，筆筆如老梅枝幹，橫伸斜出，虬結盤繞，斑剝爛漫，飛白墨如煙霞，風起雲湧，浪濤波揚，雲嵐散聚，泉瀑飛濺，令人目不暇給，也是我看過楊維禎最好的書跡之一。

楊維禎在畫卷後題詩是在至正辛丑，西元一三六〇年前後，大約是他六十五歲左右的作品，原詩內容如此：

鶴東煉師有兩復，神仙中人殊不俗。
小復解畫華光梅，大復解畫文仝竹。
文同龍去擘破壁，華光留得春消息。
大樹仙人夢正甘，翠禽叫夢東方白。

楊維禎青年時住鐵崖山，以鐵崖為號。他在元朝泰定四年（一三二七）中過進士，也做過天台縣尹、杭州四務提舉，以及江西儒學提舉的官。他的生活事跡，不像一般儒士的古板拘謹，放浪形駭，人如書法。他晚年多居住在江南松江一帶，靠近今天的上海。也常隱居富春江，來往的人，也多是民間的布衣道士。

台北故宮博物院黃公望的《九珠峰翠》，上面就有楊維禎的章草題詩，署名「鐵笛」。

楊維禎有一把鐵笛，常常吹奏，自稱鐵笛道人，他號「鐵崖」，這幅《春消息》跋尾最後

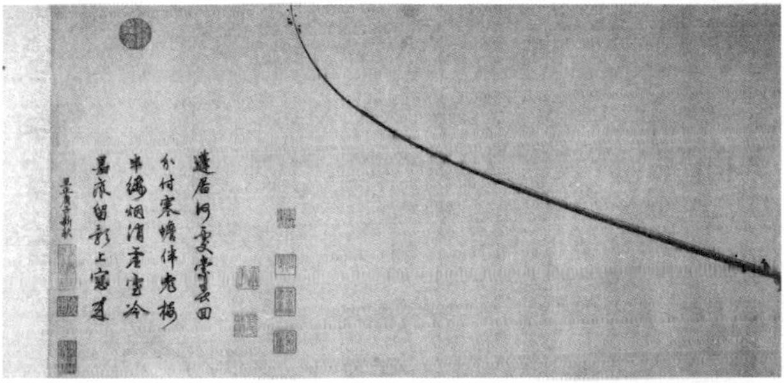

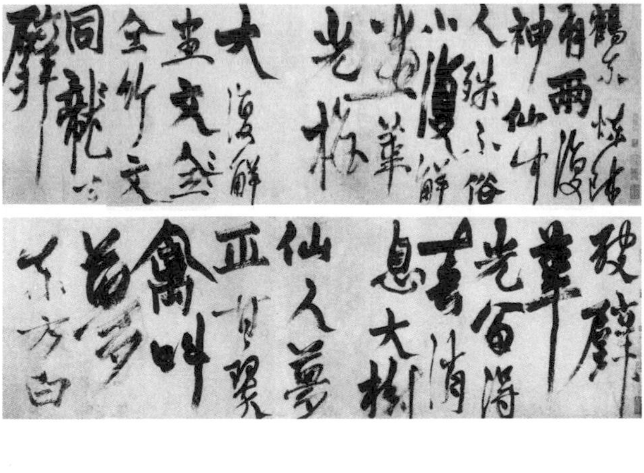

的落款就用了「老鐵」「貞」。

楊維禎與黃公望有題畫交往，黃公望是全真教的道士，他八十二歲畫的名作畫給「無用師」鄭樗，這「無用師」也是全真教道士。

全真教似乎在元代吸收了不少優秀的漢族文人，不與新政權合作，隱身道觀，潛心修行，在詩文藝術創作上都有傑出的表現。

楊維禎在《春消息》跋尾上講到的兩位「煉師」，也就是道士。道家煉丹修行，自古也都被尊稱為「煉師」。

楊維禎見到的這兩位「煉師」是兄弟二人，哥哥「鄒復元」，楊維禎稱為「大復」；弟弟就是畫這卷《春消息》圖的「鄒復雷」，楊維禎詩裡稱為「小復」。

宋代一位叫「華光」的出家人，在元朝被推崇為是畫梅花的始祖。楊維禎把鄒復雷比喻為善畫梅花的華光。「大復」「鄒復元」擅長畫竹，楊維禎就把他比擬為北宋畫竹子的高手「文仝」。「文仝」現代人多寫作「文同」，台北故宮與北京故宮各有他一屏《竹圖》。

楊維禎的詩，在當時頗有盛名。他是正式科舉出身，又做過儒學提舉的官，寫詩卻沒有一點八股迂腐氣。他喜歡創作民間自由的〈西湖竹枝詞〉，文體隨意活潑，不咬文嚼字，不矯揉造作，像庶民百姓信口謅來的歌謠，風格平白粗樸，絕無扭捏，在當時也被稱為「鐵崖體」。

講完「大復」畫竹，「小復」畫梅，楊維禎的「鐵崖體」突然天馬行空，用了兩句極有生命力的句子形容「竹」與「梅」的靈氣魂魄。

「文仝龍去擘破壁，華光留得春消息。」

竹子夭矯如神龍，點睛，就可以破壁騰空而去。而梅花，一卷紙墨，也就留下了春天的消息。

這兩個句子還是要用楊維禎自己的書法來看，亦楷亦行亦草，非楷非行非草，親近道家，楊維禎知道鄒復元、復雷都是修行中人，「修行」若還拘泥形式拘束，也就不是真正的修行了。

道觀中的「煉師」，都有書畫以外的嚮往追求，斤斤計較於書詩畫，也都是末流枝節，鄒復雷如此，黃公望如此，他們的筆墨，留在人間，也只是留一段肉身早已破壁而去、無影無蹤的《春消息》吧。

《金剛經》說：「應無所住。」到處看到這四個字，因此總心生警惕，知道自己還有多少執著。

元代的正統書法到趙孟頫，到了一高峰，然而，創作一到高峰處，其實也常常就是致命之傷。

楊維禎、鄒復雷，乃至黃公望，都不按牌理出牌，他們絕不跟隨趙孟頫亦步亦趨，即使黃公望出身於趙門下，自稱「松雪齋中小學生」，如此謙遜，卻還是知道創作艱難，必須走自己生命的路。他們深知創作即是「修行」，牢記「應無所住」，謹慎自己，一涉「匠氣」，便萬劫不能再復。

筆墨如此酣暢淋漓，飛白如槁木，如枯木，如頑石，如藤蔓，如霰如霧，在洪荒的塊壘寂靜裡，如大夢初醒的一聲驚叫。

我喜歡明代吳寬說楊維禎書法的句子：「大將班師，三軍奏凱，破斧缺斨。」是的，鐵崖書法像大軍凱旋，氣勢萬千，然而一場激戰過後，斧鉞破損殘缺，劍戟斷爛，他的點線不是優雅的姿態，然而威風凜凜，帶著血戰後的悲愴痛。

跋尾中有錯字有顛倒，楊維禎都不在意，直追顏真卿〈祭侄文〉手稿即興的趣味。他不會在意他人如何蹙眉歪臉瑣碎嘮叨他的書法吧，他知道翠禽鳴叫，東方漸白，寬坦的大地上都是春消息，也都是曙光。

清朝的張廷玉說楊維禎「狷直忤物」，這四個字是說楊維禎的人，其實也像評論他的書法。「狷直」是自己的事，不與人苟且敷衍。「忤物」是得罪人，與世俗不合，楊維禎青年時總不升遷，大概也因為如此吧。但是元末大亂，他是見過亂中爭霸的群雄的，一一見過，最後就避居富春江，和黃公望一樣，看山看水，他們對時事都無言語，但是自然知道山水的分寸。

我年輕時看楊維禎故事書法，總覺得他像江湖武俠中人，來去無蹤，傳記裡也總說他吹鐵笛，奏〈梅花弄〉，歌〈白雪〉，「賓客蹁躚起舞，以為神仙中人」。

楊維禎在跋尾裡稱讚鄒復元、復雷兄弟，一開始也就說「神仙中人殊不俗」。創作的修行是嚮往「神仙中人」，書畫也才能「不俗」吧。

這「神仙中人」後來在明初建國被朱元璋召見，讓人捏一把冷汗。「狷直忤物」，朱元璋會容得下他嗎？

好在這「神仙」在朝廷不久，「議定禮法」，敷衍一下，就「請歸故里」了。走的時候，朱元璋還讓百官在西門外設宴送他，風風光光回到他的山水中去終老了。

這才是「神仙中人」吧，退得如此乾淨。讓人惋惜起隱居黃鶴山三十年，卻在明初漢族（自己人）重新執政時出來做官，最後捲在胡惟庸案件，冤死於獄中的畫家「黃鶴山樵」王蒙。太靠近政治時事，很難能是清淨的「神仙中人」吧。

二〇一四年的元旦，想念梅花，就從角板山入北橫，一直到武陵農場，沿路看了一片一片的梅林。

梅花初綻，遠遠近近，一陣一陣清香襲來。梅花的香的確特別，淡雅從容，在一陣一陣風中，若有若無，不疾不徐。那麼淡遠的香，好像可以抓在手中把玩的細絲，然而，一靠近，梅花的香全不見了，鼻子貼近花瓣，更是什麼都聞不到了。原來林逋說的「暗香浮動」，彷彿是嗅覺，又不完全是嗅覺，色香之後，心靈上留著如此若即若離、如此豐富飽滿的記憶，不可思議。只在詩句中注解，大概永遠不能親近真正的梅花之香吧。林逋的名句還是讓梅花來注解，好在山上梅花都在，真有心注解也都不難。

武陵農場在五〇、六〇年代，也栽植了梅林，是修中橫的榮民解甲歸田以後培植的。他們渡海而來，在戰爭中未曾死去，有幸記得故鄉的梅花，就一株一株栽植起來。紅梅、白梅都有，新品種也都取了不同名字。

每年冬末，到武陵走一走，使我想起台北故宮王冕的《南枝春早》，也讓我想到美國首府弗利爾美術館元代鄒復雷的長卷《春消息》，想到明代陳憲章繁複靡麗的《萬玉爭輝》，也想到清代揚州金農筆下如夢似幻冉冉升起的梅花。

美學的失智

因為「愛」，結得如此深，雙方也都要受苦。「愛」比「恨」更難解脫。對別人恨，別人恨你，只要不報復，也就解脫了。

許多身邊朋友都在談老年失智的問題了。

許多年前，失智的現象還不普遍，偶然一位朋友驚訝痛苦地說：父親不認識他了。

我也訝異，因為一直到老年往生，我的父母記憶都還極好。大小事情都條理清晰，更不可能不認識自己最親的兒女家屬。

但是，確實發生了，我的朋友坐在客廳，許久不講話的父親突然轉頭問他：「你是誰？為什麼一直坐在我家？」

我可以了解我的朋友心中受傷，那種茫然荒涼的感受。

是什麼原因會連最親近的親人都不再認識了？

這幾年老人失智的現象愈來愈普遍，甚至年齡層也有下降趨勢，同年齡在五、六十歲的朋友也出現失智的現象。

現象多了，把現象的細節放在一起觀察，覺得「失智」會不會還是籠統的歸類？因為仔細分析，失智現象似乎也有不完全相同的行為模式。

二〇一二年看了一部很好的法國電影《愛・慕》（*Amour*）。

一對老夫婦，婦人在餐桌上忽然記憶中斷，停滯了一會兒，又恢復了。接下來接受治療，身體開始局部癱瘓，行動困難。婦人是音樂家，意識清楚時敏感的心靈無法接受醫院的治療方式，要求愛她的丈夫不再送她去醫院。丈夫答應了，但是，接下來的情況愈來愈惡化，洗澡，吃東西，一切行動都愈來愈困難。一個年老的丈夫獨力照顧一個衰老病變的妻子的身體，妻子的狀況就是逐漸失去語言能力，失去記憶，失去控制自己身體的一切意識。

一部真實而安靜的電影，導演，演員都如此平實，呈現一個生命在最後階段無奈又莊嚴的悲劇。

許多悠長緩慢的鏡頭，靜靜掃過一對夫妻生活了數十年的家。入口玄關，懸掛外套的衣架，客廳裡的鋼琴、沙發，餐桌。廚房的洗碗槽，水龍頭。臥室牆上荷蘭式風景的畫，從窗口飛進來的鴿子，午後斜斜照在地板上的日光。

我忽然想起馬奎斯在《百年孤獨》裡描述過讓人難忘的畫面——一個得了失憶症的村落，人們用許多小紙條寫下「牙膏」、「門」、「窗戶」、「開關」、「鍋子」。把一張一張小紙條貼在每一個即將要遺忘的物件上，「牙膏」、「門」、「窗戶」、「開關」、「鍋子」——預先防備失憶的時候有這些小紙條上的字可以提醒。

有一天和世界告別，就是這樣從身邊熟悉的物件一一遺忘開始嗎？

馬奎斯經驗過親人失智的傷痛吧？用文學的魔幻寫下這樣荒謬而又悲憫的故事。

然而看《愛・慕》這部電影時，我出神了，我想，也可以在自己最親愛熟悉的人的額頭上貼一個小紙條，寫著「丈夫」、「妻子」、「父親」、「母親」嗎？也可以寫下最不應該遺忘的愛人或孩子的名字，貼在那曾經親吻過的額頭上嗎？

一個朋友常常丟下繁忙的工作，匆忙趕夜車回南部鄉下探望年老的母親。然而母親看著她，很優雅客氣地說：「您貴姓啊？」「要喝茶嗎？」她就知道母親不認識她了。她忘記了女兒，卻沒有忘記優雅與禮貌。

許多有關失智的故事讓人痛苦悵惘，大多是因為親人不再認識了。

曾經那麼親近恩愛，竟然可以完全遺忘，變成陌生人，那麼還有什麼是生命裡可以依靠相信的？

我也聽過失智的對象不是親人，聽起來就比較不那麼像悲劇。

有一個朋友極孝順，多年來她為母親買了很多貴重的黃金珠寶飾品，存放在銀行保險箱，偶然有宴會取出來穿戴一次。母親失智以後，常常惦記存在保險箱的珠寶，焦慮不安，吵鬧著要去檢查。孝順的女兒就陪伴母親到銀行，取出珠寶，一一算數過一次，沒有遺失，重新放回保險箱鎖好。但是，這個失智的母親剛回到家，立刻忘了剛才看過、檢查過珠寶，又開始焦慮不安，吵鬧著要立即到銀行開保險箱。她的孝順女兒說：「媽——妳剛看過——」但是母親失去記憶的部分剛好是她沒有去過銀行、沒有看過珠寶。

這是我聽過的失智故事裡比較快樂的一件，雖然我這孝順的朋友也一樣無奈萬分，疲憊不堪，一天要陪著老母親一次一次跑銀行，但是因為母親還認識她，好像她的無奈裡還是有一種幸福。

所以失智的大悲痛是因為最熟悉、最親愛的人不再相認了嗎？

《金剛經》裡重複最多次數的句子是「無我相，無人相，無眾生相，無壽者相——」

每日清晨誦《金剛經》，讀到這一次一次重複的「無我相，無人相，無眾生相，無壽者相」，我還是心中震動。

母親往生後，我常思念她，她的照片就在我床頭，我也盼望她時時入夢相見。

但是我再也沒有一次夢到過母親了。

「無我相，無人相，無眾生相，無壽者相——」讀《金剛經》時，我總是不能徹底了悟的句子，一次一次重複，似乎與盼望母親入夢的執著日日互相對話。「是身如焰，從渴愛生」「是身如幻，從顛倒起」——我的身體，母親的身體，母親愛我，我的渴望母親入夢，是不是都像《維摩詰經》所說，只是一時火焰，如此熾熱燙烈跳躍，卻只是顛倒幻象。

我要如何徹底知道「我相」的執著，知道自己的「渴愛」，原是妄想？

我或許應該知道，母親的入夢也是「人相」的執著。母親曾經是嬰孩、少女、新婚、懷抱我，之後成為衰老的身體，停止一切生理機能。入殮時我為她戴上一隻黃金戒指，她已是冰冷僵硬。哪一個記憶是真正母親的「人相」？

我把她每一張從年輕到老年的照片排列，她的「相」其實一直在改變，我堅持她入夢

無我相

無人相

無眾生相

無壽者相

的又該是哪一個相貌呢？

親屬相認如此艱難，親愛過的身體，如火焰般渴望過的愛，也如此不可依恃嗎？所有的擁抱，都不會是永遠的擁抱。那麼，所有的記憶，也不會是永遠的記憶吧？「我相」「人相」都只是暫時幻象，這個「我」，可以從「人」的堅持流轉成豬、牛、禽鳥嗎？

我彷彿夢到那些叫做「親人」的相貌，在幾世幾劫中流轉。是負著軛的疲累的騾子，馱沉重的物，艱難走在黃沙路上。是天空裡一隻南飛的大雁，幻想著和暖明亮的陽光。是節節肢解的身體，記得每一次肉體斷裂的痛，經過好幾世，那記憶還成噩魘，在夢中驚叫。而那麼深重的哭泣過的淚，一點一滴，都記憶在全身的皮膚上，成為胎記、黑痣、斑紋，彷彿永世的紋身，隨身體去到不同的時空，生死流轉。

那是民間相信的故事，不可以在親人臨終時哭，不可以把淚水滴在親人遺體身上，因為來世會成為皮膚上的黑痣胎記。

那聽來無稽的故事，讓我看到一個人身上黑痣，忍不住想起他前世的記憶，每一顆小小黑點，都彷彿記憶著一滴淚水。

然而，記憶是應該遺忘的吧？帶著那麼多愛的記憶生活著，會不會也是沉重的負擔？「於一切有情無憎愛——」經文上說的，對一切生命沒有憎恨，沒有恩愛。那其實是像一個失智的世界吧?!

那個母親不再認識她的朋友很受傷，「連唯一的一個女兒都不認識了。」她說。然而母親認識照顧她兩年的菲傭，她清晰地說：「Sophia，給客人倒茶。」

我希望用「無我相」、「無人相」的方式安慰我受傷的朋友，如果有一天母親入夢，待我如客人，會不會少了很多憎愛的瓜葛。

中年以後，大多能解脫憎恨。別人討厭你，辱罵你，覺得是惡緣。惡緣要快快了結，惡緣結深造業，就有報應。不辱罵別人，不討厭別人，惡緣可以無緣，也就清淨了。

但是，愈來愈覺得要解脫恩愛緣分，真是困難。

《愛・慕》整部影片，在講「恩愛緣分」。因為「愛」，結得如此深，雙方也都要受苦。「愛」比「恨」更難解脫。對別人恨，別人恨你，只要不報復，也就解脫了。「愛」，卻很難了。你愛一個人，一個人愛你，都可能是幾世幾劫的「纏縛」，像臉上的黑痣，那麼怵目驚心。

據說人在巨大車禍的驚駭中會暫時失憶，所以，「失憶」也可能是一種保護嗎？保護肉身要受太過強烈的痛，保護肉身要受太過強烈的愛或者恨的撞擊。

八大山人是我最喜歡的畫家，我總覺得他的畫裡有一種「美學的失智」。

八大姓朱，是明寧獻王朱權的第九世孫。皇族後裔，成年時忽然遭遇明朝滅亡，剃髮出家。此後在南昌城大家都看到一個失智的瘋子。或哭，或笑，或喑啞無語，或耳聾無聽。他的畫作上簽名是「驢」，他說自己是「喪家之狗」。他在家門上貼一「啞」字，拒絕與人交談。他在求購畫者客廳放屎便溺。他赤足爛衣，歌哭於市，後面跟一群笑鬧瘋子的小兒。

這是八大山人，畫上簽署「八大」「山人」，別人看到是「哭」「笑」二字。

生命隨意哭，隨意笑，生命不堅持自己耳聰目明，生命到了絕境，可以是聾是啞，是俗世不屑的「驢」「狗」。生命非想，非非想。

是不是八大已「無眾生相」？他畫魚，那魚是他自己，游於虛空間。魚被捕撈，到了岸上，奮鰭鼓鰓，努力求活命，卻已離死不遠。莊子早已提醒，相濡以沫，兩條瀕死的魚用口水濕潤彼此，不如相忘於江湖。

莊子總是說「忘」，「忘」可以是一種心靈的失智嗎？

八大晚年驚人，小小一張畫面，他幻化成魚，成鳥，他成枯木，或成頑石，幻化成一朵落花，兩點雞雛，都是他美學失智後的豁達。

絕交息遊，原來只是回來做真正的自己。八大十九歲亡國，像是突然失智，解脫了「我」與「人」的堅持。不再是皇族，不再姓朱，不再是才子，不再耳聰目明，可以又聾又啞，可以瘋癲哭笑。可以一整天呆看一魚，自己成為魚；可以一整天呆看一鳥，自己成為鳥；可以呆看一枯木、一頑石，自己就在幾世幾劫中遇到了曾經是枯木頑石的相貌。

生命可以如此自由，在「卵生」、「胎生」、「有想」、「無想」間若即若離，可以解脫了「眾生相」。

讀《金剛經》，或者看著八大的「魚」發笑，好像可以有一樣的領悟。

創作者裡能「無眾生相」的並不多，太多「我」的執著，格局總難大器。太多「人」的執著，也難自由。大創作者，好像多少要有一點「美學的失智」。

頭腦太邏輯，以邏輯自傲，就更不知何謂相忘於江湖。

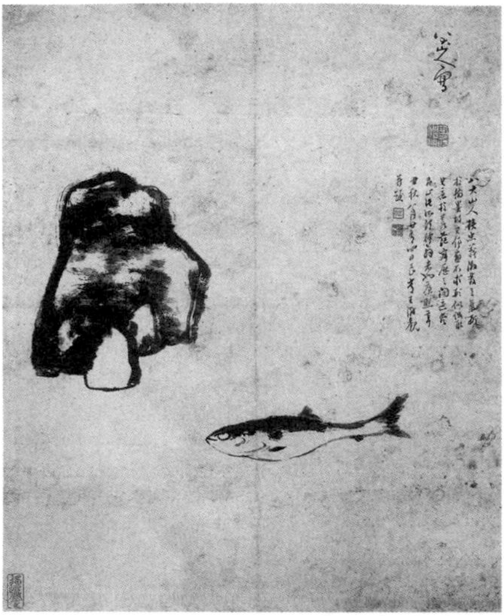

我安慰母親不認識她的朋友，試試看把母親額頭上「母親」二字的紙條拿掉，母親可以解脫「眾生相」，我的朋友，在親愛與傷痛過後，也可以解脫了「壽者相」。看完《愛．慕》，回家讀一遍《金剛經》。午後陽光明亮，那一隻窗口飛進來的鴿子，既然可以飛進來，也應該可以飛出去吧。

痴絕——非美學的出走

美，不是一種學問，美，是一種「痴」。痴到了極處，血淚迸濺，圍觀的人中並無一人知道那笑聲的荒涼。

老子很早就發現了「美」，竟然是「非美」。

老子說：「天下皆知『美』之為『美』，斯惡矣。」

世俗大眾遵奉「美」為「美」，附庸「美」，使「美」成為俗濫的、千篇一律的流行；「美」便失去了創造性的意義。美沒有了特立獨行的個性，美失去了風格的典範，「美」不再是「美」，如此的「美」，斯惡矣。

沒有比老子這一段「非美學」的論斷更精闢的，他看到了俗不可耐的附庸風雅，看到喪失了真正生命力的塗脂抹粉，看到扭捏作態的東施效顰，對天下俗眾皆知的「美」，嚴厲的指斥為「斯惡矣」。

美，不是遵奉與模仿。

美，毋寧更是一種叛逆，叛逆俗世的規則，叛逆一成不變的規律，叛逆知識的僵化呆滯，叛逆人云亦云的盲目附和，叛逆知識與理性，叛逆自己習以為常的重複與原地踏步。

美是一種「痴」。

知道了知識的不足，知道了理性的貧乏與脆弱，知道一切定義與條理的荒謬。「痴絕」的生命，長嘯而起，山鳴谷應，在文明的絕境使歷史濺迸出血淚。

我們很難理解阮籍為什麼走到荒山去，在窮絕的山路上放聲大哭。

我們很難理解陶淵明的琴為什麼一根絃都沒有。他在這張素琴上錚錚而彈，他說：「但識琴中趣，何勞弦上音。」

我們很難理解嵇康的《廣陵散》，難以理解他「手解五絃，目送歸鴻」的傲氣與悲涼。

我們難以理解，他走向刑場時的罪名：「上不臣天子，下不事王侯，輕時傲世，不為物用，無益於今，有敗於俗。」

我們或許曾經是圍觀嵇康行刑的觀眾之一，「夕陽在天，人影在地」，我們還是難以理解一個孤獨走向死亡的音樂家的傲氣與悲涼。三千太學生求教《廣陵散》，《廣陵散》是傳說中最美的音樂，但是，嵇康在刑場上仰天大笑，他說：「《廣陵散》於今絕矣。」

美，不是一種學問，美，是一種「痴」。

痴到了極處，血淚迸濺，圍觀的人中並無一人知道那笑聲的荒涼。

有一個時代，美，都一一隱匿著，成為「非美」。

我喜歡那歷史的河邊，屈原與漁父的對話。「滄浪之水清，可以濯我纓；滄浪之水濁，可以濯我足」，漁父的歌聲其實在河邊流傳了很久，只是屈原第一次聽到而已。

唱這樣歌聲的常常是河邊漁父，是山中打柴的樵夫。他們唱著唱著，就唱出了時代中知識者的末路，他們沒有歌讚，也沒有嘲諷，沒有戀慕，也沒有悲憫，他們只是徹悟了什麼，也知道各人有各人的路要走，匆匆一兩句交談，留在歷史上，使會心者一笑罷了。

詩人到了「痴絕」，或許會有震驚歷史的詩句。

生命到了「痴絕」，卻只有血淚。

司馬遷的《史記》寫了許多生命的「痴絕」。

楚霸王在烏江圍困中的慷慨高歌，和一生不捨的女人和馬告別，他留下了一種歷史的「痴絕」。

荊軻的「風蕭蕭兮易水寒」，唱出另一種生命的「痴絕」。

他們或許是不屑於「美學」的罷，他們走向生命的絕望之處，談笑自若，使千百年的後來者知道：痴到絕處，只是簡單去完成自己一心要做的事，別無他想而已。

「美」的教育可以是一種「痴」的尊敬嗎？

知道「痴」到極處，沒有什麼道理可說，只是「春蠶到死」而已。

近代西方，到了羅蘭・巴特，到了傅柯，有一些「痴」的領悟，傅柯的《瘋癲與文明》(*Madness and Civilization*)指證出某種「瘋」的創造力量。

我已離開了學院。

學院或許是留給中規中矩的「非痴者」罷。

「都云作者痴」，在東方美學裡一貫著「痴」的傳統，其實是叛逆主流學術的一脈香火。

「痴」，所以可以非主流。

「痴」，所以可以不正經。

「痴」，所以可以佯狂。

「痴」，所以可以離經叛道。

到了晚明，「痴」可以成「癖」，而創作者大聲說出：「人不可以無癖，無癖則無情！」
傅柯是知道「知識」與「理性」的病癖的，他便大膽走向瘋痴的研究而去。
在東方，或許仍區分著「瘋」與「痴」的不同。
藝術上不乏以「瘋」、「顛」命名的重要的創作者，如：「張瘋」、「米顛」……等等。
但更重要的仍是「痴」。
「痴」彷彿是更深情的一種理性，一般知識達不到的理性。一種專注，一種凝視，一種前世宿命中注定、無法逃離的糾纏。

汝愛我心，我憐汝色，以是因緣，經百千劫，常在纏縛。

《楞嚴經》中也在講這一種無以名狀的「痴」。
因為「痴」受辱、受傷、受苦，血淚濺迸，在大寂寞大孤獨中走向絕望之處，卻可以一聲長嘯，驚天動地，使俗世的美，紛紛殞落。
歷史上長久聽不到一次這樣的嘯聲。

歷史上長久見不到一次這樣的「痴」。

萎弱的美，使美已俗不可耐。

「五色令人目盲，五音令人耳聾」，老子早已嘲笑了漂亮的美術與音樂，那些瞎眼與耳聾的俗世之美，沒有了生命的熱情，仍然存在著，徒具形式軀殼而已。

「非美」或許將長嘯而起。

「非美」是從「美」出走。

「痴」是從理性出走。

貪看白鷺橫秋浦

如果，不能天長地久，粗暴與優雅、野蠻與文明、殘酷與溫柔、戰爭與溝通，會有任何差別嗎？

芒花

入秋以後，惦記著島嶼各處剛剛開始抽出的、泛著銀粉色嶄新亮光的芒花。一簇一簇，一片一片，隨風翻飛在田陌、山頭、河谷、沙渚。翻飛在墓地、路旁，翻飛在廢棄的鐵道邊，也翻飛在久無人居住的古厝院落。

那銀白泛著淺淺粉紅的芒花，波浪一樣，飛揚起伏，閃爍在已經偏斜、卻還明亮晃耀如金屬的秋日陽光裡。

島嶼一年四季有花，初春二月，最早開的常常是苦楝。淺淺淡淡的粉紫，在高大喬木青翠葳蕤的葉間搖晃。一片迷離、朦朧、若有若無的粉粉淺紫的光。遠遠看去，不確定是色彩，還是光。如果是坐火車，走花東縱谷，過了瑞穗，一路上，遠遠近近，就都是早春苦楝的花，爛漫搖曳，輕盈而且歡欣。

苦楝之後，通常是白流蘇，也是小小的花絮，團團簇簇，遠看像雪片紛飛，也如苦楝，迷離成一片。

杜鵑過後，木棉開的時候，通常已近節氣的立夏了。木棉花色豔而肥大，開在葉子稀疏橫向生出的長枝上，一朵一朵，像燃燒的火焰，強烈而醒目，掉落到地上，也「啪」的一聲，冷不防驚動樹下走過的行人。

苦楝、流蘇花蕾都細小，在風中飄零消逝，常去得無影無蹤。沒有覺察，抬頭看樹上濃綠葉蔭，茂密扶疏，已不見花的去向，已沒有了初春的蹤影。

木棉掉落地上，不容易消失，一個完整厚重的花型，觸目心驚的顏色，經人踩踏，常常黏在人行道水泥地上，許久許久，髒了，爛了，還是不容易去得乾淨。

木棉過後，就輪到莿桐了。比木棉要深豔濃烈的紅，每一朵花像一隻側面的鳥，飛揚著羽翅。我童年時台北多莿桐，孩子們也喜歡摘莿桐花做成飛鳥，取其花瓣如鳥之翼吧。不知為何莿桐在市區裡不多見了，我散步的河邊倒有幾株，盛豔的紅色，彷彿提醒夏天的來臨。

高速的交通工具多起來之後，不容易瀏覽凝視車窗外的風景了。偶然一瞥，驚覺到正過大安溪，河床卵石、沙渚間應該可以看到新起的芒花了，然而速度太快，匆匆一瞥，只是剎那的印象，總覺得遺憾。

我想看芒花，也順便去清水找裝池裱褙的蘇彬堯先生，坐了一段高鐵到烏日站，再轉乘接駁的支線火車經追分、龍井、沙鹿，到清水。支線火車速度慢，每一站停留時間也長，沿路就看到許多芒花。新綻放的芒花果然一叢一叢，連民家社區的院落轉角，甚至磚瓦縫隙，也都有芒草，如果在大都市，可能早被拔除了吧。

這一路支線的火車建設於日治時代，許多火車站還保有上個世紀二〇、三〇年代的古樸風格。簡單的候車室，簡單的月台，月台上站著年歲不小的站長，灰藍制服，大圓盤帽，恭敬地向乘客鞠躬。火車緩緩進站，緩緩離去，他都一樣敬禮，像是半世紀來一直站在月台上的雕塑。同樣的、單純的動作，如果重複三十年，四十年，就像默片時代的影片吧，每一格看起來都一樣，但連接起來，也就是一個人的一生了吧。

年代久遠的支線小火車站，常都有花圃，隨意種一點扶桑、月桃、茉莉、桂花、羅漢松，或者荒廢無人照料了，就自生自滅長起一叢叢芒草，在這季節也開著一片芒花。

清水

我很高興，不只是來清水找蘇先生裱畫，也一路看了島嶼初秋最華美潔淨的芒花。清水車站也是老建築，一九二〇年代，日本就已經發展了島嶼海線的火車交通。原有的清水老車站在一九三五年中部地震時毀壞。目前清水車站是地震後重建，也已經有七十幾年的歷史了。

今年走過幾次花東縱谷，發現老車站都在重建。怪手開挖，毫不留情，許多時間的記憶，許多人與人相見與告別的空間記憶，霎時片瓦無存，令人愕然。

島嶼許多記憶的快速消失，使人愕然。記憶突然消失的驚愕，或許常常是煩躁焦慮的開始吧。上一代的記憶，無法傳遞到下一代，下一代也無法相信自己建構的世界可以天長地久。我們毀壞了過去，我們建構的一切，不會被下一代毀壞嗎？怪手開挖，很輕易摧毀積累半世紀、一世紀歲月的建築，歲月與記憶一起被摧毀。人對物無情，常常也就是對人無情的開始嗎？因為沒有任何事會長久，也就難以有堅定的信仰。

如果，不能天長地久，粗暴與優雅、野蠻與文明、殘酷與溫柔、戰爭與溝通，會有任何差別嗎？

「天長地久」是漢字文明多麼久遠就建立的信仰，然而，站在一件一件拆除的廢墟上，還能重建天長地久的信念嗎？

蘇先生在車站門口接我，我回頭看車站，看到三條不同高度平行而不同長短的水平屋脊的線，覺得安靜穩定，毫不誇張造作，連飛簷的張揚都沒有，內斂而含蓄。彷彿它如此安分做一個小鎮的車站，素樸，不奢華誇大，可以安安靜靜在七十幾年間讓許多人進進出出而不喧譁。

目前清水車站大致還保有老的建築格局，雖然加設了突兀的天橋，破壞了原來安靜的天際線。雖然站前計程車停車位置太逼近建築體，干擾了原來列柱的簡單比例。但是，還是敬佩七十年前島嶼建築工作者的人文品質，有如此不誇大張揚自我的教養。

清水鎮蘇彬堯先生的家我很愛去，不只是為了裝裱字畫，也常在他家品茶、喝酒、吃極鮮美的魚與青菜。他的家，也常給我天長地久的寧謐安定的感覺。蘇先生沉默不多言語，蘇太太細心介紹一包鐵觀音，超過六十年武夷山的老岩茶，水好，茶好，坐在他的客廳，喝著有歲月的老茶，也覺得眼前歲月都如此靜好，樸素無喧譁，醇厚淡遠，不疾不徐。

肅親王

今天來，喝茶的空間牆壁上多了一件肅親王的書法。我仔細看，墨韻極好，線條邊緣，墨色與紙泛成一片沉靜的光，也像這秋日午後的清水小鎮，如此天長地久。

我一面喝茶，一面看字，蘇先生說這是新收到的條幅，還是日本原來的裝裱。他指給我看條幅上下金色綾子的「錦眉」，單一金褐色纏枝牡丹花草織錦，是唐代影響到日本的久遠織品，極華麗貴氣，卻還是沉靜不喧譁。

我對日本裱工不熟，知道日本裝裱常維持唐風畫軸上端兩條可以飄飛的「驚燕」。中國到宋以後，飄飛的「驚燕」功能消失，固定成裝飾性的兩條，稱為「宣和裱」。

蘇先生跟我說日本裱裝背後，多用楮樹樹皮抄製的紙，纖維長，紙質細而薄，托在背後，拉力平均，使畫幅可以更平正。

這件作品日本的原裝原裱，或許對蘇先生研究裱褙的材質技法有許多專業的驚喜吧。

「也是有緣，遇到了。」他淡淡地說。

這幾年，肅親王的生平常被討論，連一般影視也都出現了。他的書法，真真假假，在亞洲拍賣市場上也多起來了。蘇先生說原來條幅軸頭是牙骨製的，出售的店家或許覺得珍貴，私下取去了。蘇先生買到，特別又找了舊的牙骨軸頭，重新裝上。如此費心講究，一個時代的美學氣味與風格才得以完整吧，我不禁想起老清水車站新架設的天橋。

島嶼政治的變遷，常使時代風格不能延續。日治時代拆除清代衙門，兩蔣時代拆除日本神社。拆除的，其實不只是政治象徵，也常常斷絕了島嶼可以天長地久的文化生機吧。也許清水蘇先生與肅親王書法有緣，也許是蘇先生與日本不知名的裝裱師傅有緣，也許是島嶼清水小鎮與肅親王這一近代周旋於清朝、同盟會、日本、滿洲國的歷史人物有緣吧，我看著這件書法，有點出神。

書法寫的是蘇東坡晚年兩句詩：「貪看白鷺橫秋浦，不覺清泥沒晚潮。」蘇詩的原句是「不覺青林沒晚潮」。

這是一一〇〇年蘇軾貶謫海南島時期在澄邁驛通潮閣寫的兩首詩中的句子。當時蘇軾已獲釋，準備離開海南島。次年，北返途中，辭世於常州，這首詩是他最後觀看風景的心事吧。

貪看著秋天水岸邊的白鷺鷥，不知不覺，傍晚潮水上漲，已經淹沒了一片青色的林地。

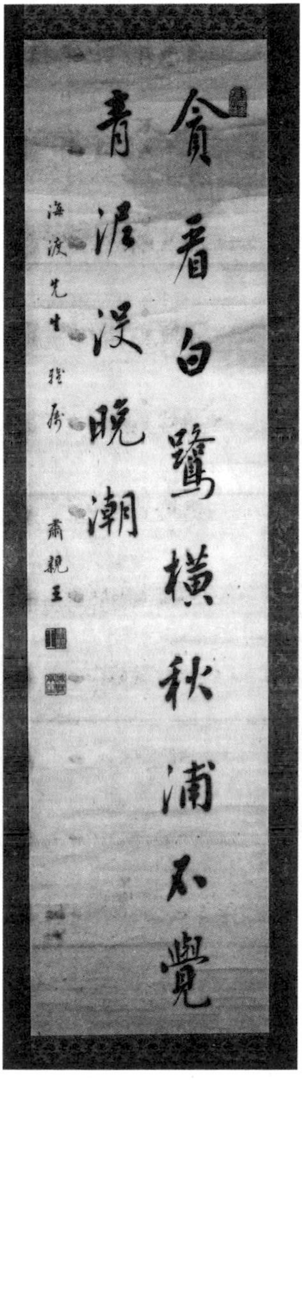

貪看白鷺橫秋浦不覺
海波先生雅屬
肅親王

貪
看

潮
肅親王

那南國的風景，有點像淡水河口了。白鷺鷥也像，秋天的沙渚也像，潮來潮去也像，淹沒在水中的一片水岸青林，不知是不是結水筆仔的紅樹林？

不知道東坡最後要離開海南島時，為什麼記得這樣的風景，無關政治人事瑣碎，只是秋天、白鷺鷥與潮水，只是自己最後仍然執迷而無法放棄的「貪看」吧。

肅親王這幅書法是寫給海渡先生的，書法上有上款，肅親王落款下兩方印，白文「肅親王」，朱文「偶遂亭主」。「貪」字邊有起首印，皇帝御賜的「望重宗維」，可見當時清廷對肅親王的倚重。

我在青年時讀的近代史，受政治干擾很大，清廷到了後期，也只是「腐敗的滿清」一句帶過，對肅親王這一人物不會有重要介紹，自然也不容易對這一人物有清楚的認識。

清朝開國，皇太極長子豪格封肅親王，是清代世襲罔替的鐵帽子王。豪格後十一代，肅親王爵位傳到愛新覺羅善耆。

善耆生於同治五年（一八六六），做過崇文門稅監，步軍統領，民政部尚書。

善耆是清末皇族貴裔，是清廷的官僚，但他有兩件事，留在歷史上，或許很難以「腐敗」二字籠統概括。

第一件事：革命黨領袖孫中山曾經寫信給善耆，稱他為「賢王」。信一開始就如此稱讚肅親王：「僕向與都人士語，知營州貴胄，首推賢王。」

孫中山很看重這位親王，給善耆的信中，做了兩項具體建議。第一項：希望肅親王推動清政府退回到發源地老家滿洲，自立建國，把「中國」還給漢人。原文是：「旋軫東歸，自立帝國，而以中國歸我漢人。」

第二項：孫中山勸說肅親王參加革命。原信說：「賢王于宗室中稱為巨人長德，——革命之業，賢王亦何不可預。」

孫中山還舉了俄羅斯克魯泡特金等「爵為上公」的貴族投身參加革命的事例。

第二件事：一九一〇年三月，汪精衛等革命黨人製做炸彈，在北京試圖謀殺攝政王載灃，事敗被捕，由善耆審理。

此案當時轟動全亞洲，肅親王任民政部尚書，審理此案，最後違反朝廷意旨，免除了汪精衛等人死罪。

據說肅親王善耆與汪精衛獄中有許多對話，一個四十五歲當朝的親王，執掌大權，正積極推動朝廷立憲。一個二十八歲的革命青年，拋頭顱灑熱血，寫下「引刀成一快，不負少年頭」的詩句，驚動世人。如果不粗暴武斷以「腐敗」定論，他們兩人的對話，或許正是歷史真正的對話，也是後來者應該細細聆聽的對話吧。

肅親王在一九一〇年四月二十九日，對汪精衛等革命黨謀刺者的免除死罪，是轟動一時的大事。一年後，辛亥革命成功，十一月，汪精衛出獄，中華民國成立，清朝覆亡，這時，肅親王善耆的處境逆轉，他又將何去何從？

看著肅親王的書法，心裡想著孫中山情文並茂的書信。如果這封信選在近代中國歷史教科書中，會不會讓後來者有很不同的歷史思考？

事實上，辛亥革命成功後，肅親王從立憲的推動者，轉變成為清室「宗社黨」骨幹，退守滿洲，居住在旅順，與日本人合作，積極建立滿洲國。他所做的，似乎正是孫中山書信中給肅親王的第一項建議：「旋軫東歸，自立帝國」。當然，這時新政權的首領不會、也不願再提孫中山書信上建議的舊事了吧。

一九二二年，肅親王病故於旅順，汪精衛親赴靈前致祭，當年「慷慨歌燕市」的革命青年，已經是新政權的領袖人物了。歷史峰迴路轉，常常使人驚愕，但當年革命青年在昔日政敵靈前致祭，也像天長地久的故事，引人嗟歎吧。

在我讀的歷史中，滿洲國是「偽政權」，汪精衛後來成立南京政府，也是「偽政權」。有一天我讀到清初官方文件，原來台灣稱為民族英雄的鄭成功也被稱為「偽政權」。當然，一九四九年蔣介石敗退台灣，也還是堅持要稱中共是「偽政權」。

肅親王有三十八個兒女，後多居住滿洲、日本。其中十四女愛新覺羅顯玗（金璧輝），過繼給日人川島浪速，也就是中日戰爭時周旋於幾個政權之間著名的間諜川島芳子。

歷史如潮來潮去，貪看眼前繁華熱鬧，容易執迷。看多了幾個罵來罵去的「偽政權」，也就對「真」莞爾一笑，知道潮來潮去，都要在時間中淹沒，也就少一點執迷吧。

「貪看白鷺橫秋浦，不覺青泥沒晚潮」，清代名臣如左宗棠、曾國藩，書法多端正恢弘，筆力沉著，與文人自我表現的灑脫不同。肅親王的書風，間架端正，豪末卻又有文人的峭麗，已經難擺脫末代的頹靡感傷了吧。

「秋浦」、「晚潮」，墨色如煙如霧，如新綻放的芒花。不知道蘇東坡最後是否擺脫了政治鬥爭的紛擾，也不知道肅親王最後是否擺脫了政治鬥爭的紛擾。一幅書法，斑剝漫漶，歲月匆匆，貪看眼前白鷺迴旋，或許總是要出神，忘了晚潮一波一波襲來，遲早都要淹沒了秋天的風景。

爆破西湖

湖上沒有船，空空蕩蕩的西湖，空空蕩蕩的分不清界線的雲、霧、水、雪，像面對一張還沒有著墨的紙，一張空白的紙，這麼素淨，這空白，像是最初的洪荒。

在台灣長大，有機會能去西湖，大概是在台灣解嚴之後，已經靠近一九八八年了。

在這之前，幾十年間，從青少年開始，讀了很多關於西湖的詩，看了很多關於西湖的畫，知道了很多關於西湖的故事，卻一直不能親身去西湖，不知不覺，已過了中年。

頭腦裡裝了太多西湖歷史典故，我與西湖已經不可能「素面」相見了。

風景一旦成了名勝，塞滿了太多古人、前人的記憶，往往也就是風景死亡的時刻吧。

名勝常常需要一次記憶的大爆破，使名勝還原成原來的風景。

總成一夢

一九九〇年，繞道香港轉機，第一次飛到了西湖。

那天是舊曆除夕的下午，天空密布著低低的雲層，同行的H說：大概要下雪。

我忽然想起張岱在《陶庵夢憶》裡有〈湖心亭看雪〉一段：「霧淞沆碭，天與雲，與山，與水，上下一白。」

天、雲、山、水，上下一白，我會看到三百年前張岱看到過的那一天的「白」嗎？

下了飛機，直接到西湖，投宿的酒店在孤山旁，地勢較高。房間在西樓的七樓，是頂樓了。進了房間，打開窗戶，一片輕霧細雪，迷離湧動流蕩。

湖水很遠，時隱時現。遠遠一痕起伏蜿蜒的山峰，若有若無，錯錯落落，隨雲嵐流轉變滅。

視覺一片空白，重重疊疊的白，重重疊疊的空，像宋瓷釉料開片的冰裂，不同層次的白，可以如此豐富。

這是台北故宮夏珪的那一卷《溪山清遠》啊！我心裡慨歎著。是紙上大片空白裡一縷淡如煙絲的墨痕，淡到不可見，淡到不是視覺，淡到像是不確定是否存在過的回憶。

沒想到，南宋人畫卷裡的心事，在這裡，看到了「真跡」。

為什麼是那一年除夕的傍晚到了西湖？

為什麼是在讀了許多西湖的文學、看了許多西湖的畫之後才來了西湖？

張岱寫《西湖夢尋》的時候，明朝結束了，張岱披髮入山，他已經失去了西湖。

《夢憶》裡他舉一例：有一僕役為主人擔酒，一失足，摔碎了酒甕，不知道怎麼辦，就咬自己手臂一口，心裡想：這是夢吧？

「繁華靡麗，過眼皆空，五十年來，總成一夢。」張岱的句子我是在青年時讀的，過了二十年，到了西湖，好像也要咬自己手臂一口，用肉體上的痛，告訴自己，這是真的。

約好五點出發遊湖，走出飯店，到了湖邊，一艘船也沒有。想起這是除夕，船家也多回家過年了吧？

湖上一片空濛，天空微微細雪，風裡有蠟梅清新沁鼻香氣。

張開眼睛，看到霧、雪、水、天瀰漫的一片空白，閉起眼睛，空氣裡襲來梅花時斷時續的香、皮膚上乍暖還寒的溫度，聽覺裡不知何人盪槳，微微水波聲，漸行漸近。

一個婦人的聲音，在濛濛寒風細雪間詢問：「叫船嗎？」

那舟上婦人的聲音如此熟悉，不是第一次聽到。

那是曾幾何時渡過我的一條船嗎？我咬一咬手臂。

「不回去過年嗎？」上船坐定，婦人撐篙，一篙到底，船身慢慢離岸駛去。「載完你們，就回家吃年夜飯。」婦人聲音柔軟，在風中如輕輕盈盈細雪紛飛消散。

「貴姓？」H問船家。「姓付，付錢的付。」

沒有聽過這姓氏，想或許是「符」的簡寫，決定不再多問。

湖上沒有船，空空蕩蕩的西湖，空空蕩蕩的分不清界線的雲、霧、水、雪，像面對一張還沒有著墨的紙，一張空白的紙，這麼素淨，這空白，像是最初的洪荒。

天地還沒有分開，一片渾沌，然而宇宙要從那空白裡誕生了。

我好像聽到一聲悽愴撕裂的嬰啼，從洪荒之初的寂靜中爆炸，像是大喜悅，又像是大悲傷。像是繁華，又像是幻滅。

在這空白裡的大爆破，將出現什麼樣的風景？

細雪散了，雲散了，霧散了，會有山巒起伏，會有流水潺湲，會有桃紅柳綠，會有鳥啼花放。

如果初春三月來，晴日暖陽，會在西湖看到什麼？

虫二

九〇年代之後，兩岸來往方便了，一年裡好幾次到西湖，四處亂走。

不同的季節，不同的時辰，不同的心境，西湖淡妝濃抹，果然有千百種面目。

春日是「蘇堤春曉」的西湖，「柳浪聞鶯」的西湖。

夏季是「麴院風荷」的西湖，「花港觀魚」的西湖。

入秋是「平湖秋月」的西湖，「三譚印月」的西湖。

黃昏時有「雷峰夕照」看晚霞的西湖，有「南屏晚鐘」聽淨慈寺廟院鐘聲的西湖。

到了冬天，大雪紛飛，還剩下遠遠一痕「斷橋殘雪」的西湖。

「西湖十景」，其實不是「景」，而是時間，是歲月晨昏的記憶，我一一都到了現場，都看了，都知道了。

卻不知道為什麼，像發現丟失了貼身的什麼物件。急急忙忙回頭去找。走回原來的路，原來的長堤，原來的拱橋，橋上鐫刻的字，字的凹痕，凹痕裡斑剝的苔蘚，都還一樣，然而，卻忘了回來要尋找什麼。

初春破曉時分，走上蘇堤，曙光微微亮起來，蘇堤一路兩、三公里，千萬朵灼灼桃花搖動的殷紅，柳絲飛揚耀眼的新綠，千頃粼粼湖水波光。

我一個人，兀自站在一株桃樹下發呆。

「發呆啊——」婦人笑著。

一陣寒風，原來在湖心亭。

面前一石碑，婦人指著石碑上「虫二」兩個字說：「乾隆在這裡題了這兩個字，考一考大臣。你們是讀書人，知道什麼意思。」

船家婦人沒有為難，繼續往前走。

乾隆聰明，也愛賣弄聰明。大臣中不少人知道「虫二」是「風月無邊」，「風月」二字，去了外邊，就是「虫二」。但要討好主子，都裝不知道，解不開，讓皇帝覺得開心，難倒了別人。

船家婦人大器，講完就往前走，不在意答案。

我再來西湖，不是因為乾隆碑上的字，而是為了船家沒有答案的故事。

春鶯囀

有一次去西湖，是給浙江美院講課，想到剛回國的李叔同也在這校園教書，寫了「長亭外，古道邊，芳草碧連天」的歌，心裡不禁一陣酸楚。

一個學生告訴我：「校門外就是柳浪聞鶯——」

我走出校門，在湖邊的草地上躺了一個下午。

一條一條柔細的柳浪，在春天的風裡翻覆飛揚，春天搖漾，這麼柔軟，像一條細細長絲。

躺久了，好像懵懵懂懂，似睡非睡，恍惚間滿耳都是鶯聲，輕細的呢喃啁啾，也像初春蠶口剛吐出的新絲。

日本雅樂裡還保存了唐代白明達寫的〈春鶯囀〉一曲，篳篥、龍笛、琵琶，合奏起來，像一片浩大的春光。

據說是唐玄宗午寐醒來，聽到一片鶯啼，下令樂工作曲，記下那一日春光裡的鶯聲。

春日漸暖，要有一個午後，躺在西湖南岸柳蔭吹拂的草地上午睡。要閉著眼睛，細聽一片鶯啼，聲音如人世間一切微乎其微的瑣碎嘮叨。

要聽到入睡，聽到許多腳步聲，來來去去。許多人來過，白居易來過，蘇東坡來過，張岱來過，乾隆來過，李叔同來過，船家婦人來過，卻一個一個陸陸續續又都走遠了。腳步聲來來去去，瑣瑣碎碎，也像一片春光柳浪裡的鶯聲啊。

春天要過完了，走過蘇小小的墓，走過林和靖的墓，知道來晚了，只能在墓前一拜。

端午在西湖，總會想起喝了雄黃酒的白蛇，熬耐不住酒在胸口湧動，要顯出蛇的原型了。

炎熱的風裡，有一陣一陣麴院的酒氣，混合著荷花的香。

「麴院」是南宋皇室官家釀酒的處所，夏季的風裡飄浮酒香。

「麴院」四周滿滿圍著荷田，溽熱夏日，酒麴發酵蒸騰，滲雜在沉甸甸的風裡，滲雜著荷葉荷花濃郁的香氣，花香、酒香，隨風散在四處，讓走過的遊人醺醺然顛倒欲醉。

「麴院風荷」一景，不是景，其實是全部嗅覺的陶醉沉迷，要閉上眼睛才能感覺。

「麴院」被後人誤讀為「曲院」，以為是在九曲橋上看風荷，嗅覺記憶被誤為視覺，已失去了鼻腔裡滿滿混合風荷的酒香原味。

修行五百年，幻化成女子的白蛇，也敵不過這樣夏日濃郁芳烈的酒麴之香啊。

脫去人形，脫去女胎，酒的芳冽讓蛇在人的身體底層蠕動，要顯原型了。

西湖要過了夏日肉體的原慾蠢動，過了動物性本能的騷亂，才慢慢有入秋的寧靜淡遠。一到西湖就看平湖秋月，沒有歷練春的嫵媚，沒有過夏日的糾纏執著，一頭栽進空寂，或許還是遺憾吧。

張岱若不是先經歷了「繁華靡麗」，或許沒有機會領悟最終的「過眼皆空」吧。

我意外走到西泠印社，一個青年站在湖邊，拿了幾錠墨在兜售。我把墨拿在手上看，長橢圓形，鐫模是雲龍的底，上面「黃山松煙」四個篆字。掂在手上很輕，墨色已脫膠，不是新墨，已很有歲月了。

我問青年：「哪裡製的墨？」

青年靦腆，輕聲說：「家裡舊藏的。」

「寫書法嗎？」我問。

他搖搖頭。

總共沒有幾錠，我都買下了。

李叔同出家前，把所鐫刻的印，封在西泠印社山石壁上，題了四個字「前塵影事」。

我懷裡揣著新買的墨，在石壁上找那四個字。

那一年，李叔同三十九歲，在虎跑寺剃髮，法號弘一。

我看過李叔同青年時在日本上野讀美術時的照片，清俊逼人。也看過他在春柳劇社演戲劇照，反串「茶花女」，穿法國女裝，妖嬌嫵媚，像春日灼灼桃花。

他在虎跑寺落髮，多年服侍他的校工同行，看到佛殿地上遺落的頭髮，校工滿眼是淚，就拿掃帚去掃。

弘一阻止了校工，他說：「此後這事要我自己做了。」

虎跑寺在西湖外圍，桂花極好。

秋分之後，西湖會有暑熱過後的清涼，空氣裡開始流動著初初吐蕊的新桂的花香，但是，似乎都不及虎跑寺的素淨清潔。

三鐔印月

秋分以後，西湖的光取代了紛紅駭綠的色彩。

秋天夜晚，西湖隨處走走，滿滿一整湖都是月光，一整個天空也都是月光。

像是演完戲的李叔同，脫了假髮，脫了戲服，卸了妝，落了髮，只是回來做真實的自己了。

有一年為公視拍攝西湖，停留比較長的時間，蘇堤、花港、風荷，都拍攝了，卻在「三鐔印月」卡住了。

我在船頭，講述三鐔的故事。導演要求話講完，船剛好繞三鐔一圈，最後鏡頭停在我身後的三鐔湖景。

我講了十餘次，船繞了十餘次，鏡頭跟拍十餘次，最後一刻，不知道為何，船頭總是對不到三鐔。

船伕緊張，怨氣自己得很，他真心希望圓滿，但他背對三鐔，加上湖上的風時緊時緩，很難控制船身快慢。

我跟他說不是他錯，「抽支菸，休息一下——」

休息時，我跟船伕閒聊，說起蘇東坡當初帶老百姓疏濬西湖，修堤道，為的是水利，怕湖水漫漶，淹沒良田，最後把挖出的淤泥堆成島，島上立三個石頭鐔塔，三公尺高，用來計水位高度。

「真的？」他不知道為什麼好像忽然鬆了一口氣，我拍拍他肩膀，兩人大笑。另一艘船上掌鏡的人聽不見，都不知道我們笑什麼，我說：「再來一次——」

「三個石罈，每一個罈五個圓孔。夜裡，罈心點燈，一個罈會有五個圓形的光。三個罈，十五個圓孔的光。倒映水中，遠遠望去，一共三十個圓圓的月亮。到了月圓晚上，加上天上的月亮，湖中的月亮，西湖就有了一共三十二個月亮。也有人說，應該是三十三個，再加上心裡的一片明月。」

我講完，船頭正對三罈，鏡頭結束了，所有人鼓掌歡呼，我與船伕擊掌大笑。

一千年來，許多人月圓之夜，刻意來西湖，特意找三十三個月亮。

明末張岱就已經警告，七月半，看不到月，只看到人頭。

三罈印月，三十幾個月圓的光華，印在水中，當然也只是心中的幻相而已。

「三罈」後來也被大眾訛傳為「三潭」，「三潭印月」聽起來好像更有佛理哲思。

西湖風景，有時像東坡跟一千年來執著風雅的人開的一個玩笑。東坡自己也常執迷，但他懂得不時調侃嘲笑自己的執迷，所以可愛。

西湖風景使人如此流連執迷不悟，「三罈印月」，真真假假，卻原來只是大膽開示了一夜月光的幻相，像一部《法華經》。

我在淨慈寺大殿門上看過弘一大師「具平等相」四字匾額，是我看過尺寸最大的弘一書法。無一點造作，演完戲，卸了妝，只是回來本分寫字抄經了。

我為什麼要知道這些？知道西湖一千年來的「靡麗繁華」，然而我的面前只是一片空白。真的是「過眼皆空」嗎？

我咬一咬自己的手臂。

蘇東坡修蘇堤，的確是為了水利，堤修好了，解除水患，留了六個通水洩洪的橋洞，六座橋一一命了名。堤上間隔種了一株柳一株桃花，他或許沒有預料，給此後一千年的西湖留下永恆的風景——蘇堤春曉。

白居易來西湖，蘇東坡來西湖，在當時都算是貶謫，從中央京城貶謫到偏遠荒野。或許因為貶謫，看風景的心情就大不一樣，「晴光瀲灩」看到的西湖，東坡覺得好，當然，「山色空濛」的西湖，他也覺得好。生命好像知道了進退，有了平常心，「具平等相」，也就有了看山看水的分寸。

西湖成為古代文人重要的功課，懂得眼前風景只是有緣，能有平等心看眼前色相，晴日或下雨就都是好的了。「回首向來蕭瑟處，也無風雨也無晴」，東坡的好句子，都是他借風景做功課的筆記吧。

風景本來也是心事，心事太多，到西湖，卻往往也看不到風景。

一次陪幾位長輩遊西湖，年長於我，他們的西湖典故當然更多。上了船，歷歷在目，說來說去，都是往事。

那是初春，天氣陰晴不定，不多久湖上起風，船家收了布棚，抱歉地說：「上面有安全顧慮，三級風就要收棚回航。」

長輩們當然掃興，但也優雅，只是輕輕喟歎。

回行途中，開始飄春雨，點細如楊花紛飛，船家聰慧，看出賓客掃興，在長風細雨的船頭低吟長嘯一句：「山色空濛雨亦奇啊——」

我總覺得東坡重來西湖，竟是投胎做了一名在湖上渡人的船伕。

斷橋

一年的西湖，從初春的蘇堤春曉，看到入冬的斷橋殘雪，也恰恰是看了生命的繁華璀璨，到領悟最終的沉寂空幻吧。

「斷橋」是白蛇與許仙告別的地方，白蛇腹痛待產，被法海天兵天將逼到絕路，走到斷橋，人世情緣眼下都要斷絕。從小跟母親看這一段戲，白素貞白衣素服，在舞台上像一縷冰瑩白雪。大段唱腔，一生的事，娓娓道來，真是淒婉。但似乎也知道情愛傷痛都要過去，春夏花紅柳綠，也還是要入隆冬，處處殘雪，只是一片白茫茫大地真乾淨。

我試了在西泠印社跟青年買的墨，墨色如輕煙，煙在水中散開，輕煙裡一層層透明的光。

墨上鐫了「黃山松煙」四字，但是現代人不容易理解「煙」的含意了。

燒了松木、桐木，煙往上升，攀附在煙囪四周壁上。掃下這些煙，蒐集起來，加膠、加麝香、製成一錠墨。

煙囪愈頂上，煙的微粒愈細，最細、最輕揚、飛到最頂端的煙，才是「頂煙」。

宋人最好的水墨，原是煙的渲染。郭熙的《早春》，米芾的大字《吳江舟中詩》，紙上絹上的墨，都如輕煙，迷離如一夜湖面上的光。

九〇年末偶然經過紐約，在一家藝術中心看到一掛軸。白紙上斑斑點點，許多火燒灼的痕跡，像是宇宙洪荒初始，錯錯落落的爆炸、燃燒，霎時我彷彿聽到似嗩吶的嬰啼，好像茫茫空白裡要有許多生命出現。

爆炸的火焰慢慢熄滅，塵埃落定，有細如蠶絲的煙，一縷一縷在空白裡流竄升起。電光火石的爆炸濺迸，灰飛煙滅的迷離滄桑，那是一千年過去的西湖山水嗎？

我看了創作者拼音的名字：cai——

那是我第一次看到蔡國強爆破的作品，知道一千年過去，宋的墨色如煙，還在紙上說山水故事。

破

每到西湖，總惦記一件事，是第一次走到虎跑寺，廟的後方有弘一落髮的草庵。一張竹床，一張草蓆。

我看到壁上懸掛一件灰布僧衣，上面補了又補，補了不下一百次。我細看每一處破口，每一片大小補釘，每一針腳，一件衣服，如此破舊襤褸，卻有人的端莊華麗。想到弘一臨終寫的「悲欣交集」，想到他最後的句子「華枝春滿，天心月圓」，都像在

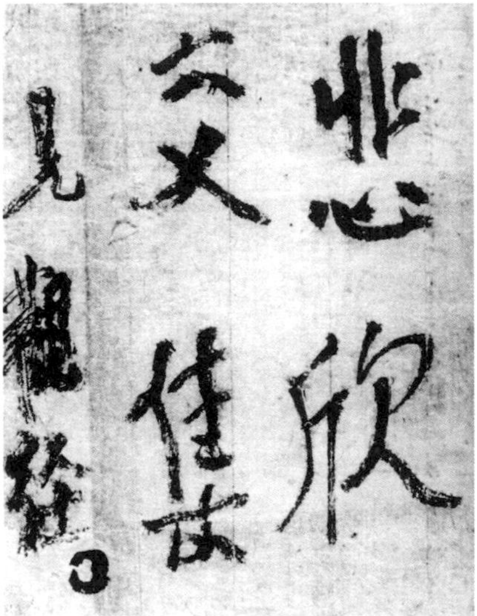
悲欣
交集
見觀經
3

說西湖，我低頭在僧衣前合十敬拜。

第二次去，僧衣不見了。草蓆竹床也不見了。原地修了豪華的弘一紀念館，塑了真人大小的石像。

我心裡一直惦記那件僧衣，不知它是否還在西湖哪個角落。

不知為什麼，蔡國強爆破留在紙上火燒後的破洞、焦黑、燒灼、灰飛煙滅，一一都讓我想到那件僧衣。

莫內的眼睛

一生都在努力追尋光的畫家，彷彿忽然領悟，原來光如此留不住，光在自己最愛的肉身上一段一段消逝，一絲一絲消逝，夢幻泡影，不給畫家一點點留住的可能。

印象派是大眾最熟悉、也最喜愛的畫派。印象派或許不只應該從美術運動來觀看。事實上，這個畫派，與一八四〇年代以後歐洲的工業都會發展息息相關，與大眾的生活息息相關。

莫內、雷諾瓦的畫裡，出現火車，出現鋼梁鐵橋，出現巴黎新修建好的公寓，出現供汽車行走的大馬路（Boulevard），出現市民聚集野餐休閒的公園，出現新興的咖啡館、磨坊改建的舞蹈娛樂場所，出現了形形色色的紳士淑女的時尚（fashion）——，印象派的畫，記錄歌頌著最早現代都會市民階層的大眾生活。

同一時間，歐洲學院保守的畫家還沉溺於古代希臘的神話懷舊，一八六〇年法國國家美術競賽獲獎的作品，主題還是橫躺在波浪上唯美的維納斯。然而年輕的莫內、雷諾瓦、竇加，他們的眼睛已經看到了自己的時代。如同詩人波特萊爾對保守派的質疑：

「我們的時代不美嗎?」印象派的眼睛看著自己的時代,看著街頭形形色色走過的男男女女,看著都會的繁華繽紛,即使是浮光掠影,那剎那間稍縱即逝的光,讓他們的眼睛亮了起來。

今年夏天在芝加哥美術館看了一個題名為「印象派與時尚」的大展覽,吸引了無數觀眾。展覽中就是以莫內、雷諾瓦畫中的人物服裝飾品探討十九世紀以巴黎為主的時尚流行。

藝術創作活在自己的時代,書寫當代,繪畫當代,思考當代,都必須從觀看當代的眼睛開始。

肉眼

莫內生在巴黎,五歲跟隨父母遷居諾曼地的哈弗港(Le Havre)。他中學時代就不喜歡讀書,卻迷上了漫畫。「漫畫」在今天有不同的含意,十九世紀中期,法國報紙興起,成為大眾生活的重要資訊來源。報紙除了文字新聞報導,常常會有石版印刷的快速人物速寫,勾勒政客嘴臉,或調侃時尚名人,用來吸引讀者,使大眾發笑。這一類漫畫諷刺意味較強，像最著名的杜米埃（H. Daumier），當時就常常因為這種批判時事的政治漫畫（caricature）被當權者逮捕坐牢，但他刊在報紙上的諷刺漫畫受到大眾百姓的喜愛。

莫內十五歲左右在諾曼地就以創作這種漫畫在哈弗港小有名氣，也可以在繪畫文具店櫥窗展出作品，賣給外地來的觀光客，賺取生活費。

哈弗港有海港的活潑，各色人種來來往往，莫內用敏銳的眼睛，快速勾勒人物特徵。他畫表情誇張鼻子通紅的諧星，他畫頭上纏條紋方格布巾的非洲黑種女人，他畫叼著大雪茄菸的紳士——這些人物與少年莫內都無深交，他一眼看到，快速勾勒，頭大身體小，抓住特徵，誇張特徵，博觀眾一笑。

莫內很得意，這些「漫畫」使他年紀輕輕就能吸引別人注意，能成名，還可以賺錢。

莫內在用他聰明銳利的「肉眼」觀看人間，「肉眼」犀利準確，使他有了最早的繪畫成就。

天眼

莫內十八歲認識了大他十六歲的畫家尤金・布丹（E. Boudin）。布丹在諾曼地哈弗港海邊畫畫，他是法國最早從室內走向戶外的畫家，是最早直接面對戶外海景天空寫生的畫家。他在畫面上畫海景，常常留出三分之二以上的空間描繪天上一朵一朵雲裡變化萬千的光線。

因為火車通車，巴黎市民階層的紳士淑女開始到海邊度假，穿著時尚的都市服裝，拿著洋傘，在海邊悠閒散步。布丹畫海景，畫天空，被當時繪畫界封為「天空之王」，然而他的畫作裡有穿黑色西服的紳士，有穿蓬蓬裙的仕女，有專門為都市男女設置的太陽傘和躺椅。都會度假休閒文化打開了歐洲繪畫的風景主題，從室內走向戶外，迷戀起戶外瞬息萬變的光，布丹繪畫海濱度假的都市中產階級，而他的作品最早的購買者，也正是這些都會的新富階層。

布丹的畫也在哈弗港櫥窗展示出售，他因此認識了在漫畫界剛剛嶄露頭角的莫內。布丹看少年的作品，讚揚他的「眼睛」銳利準確。但是布丹邀請莫內跟他一起到海邊畫畫，邀請莫內一起看海面上的光，看天空的光，看光在日出日落的時間裡驚人的變化。

如何畫下「準確」而「犀利」的光？

得意於自己「肉眼」成就的莫內，會不會一下子陷入一種前所未有的沮喪？

如何去抓住光？可以用「諷刺漫畫」的誇張去描寫光嗎？

莫內一生重複表達對布丹的感謝，他說，布丹是我永遠的老師。他說：沒有布丹，就沒有莫內。

在莫內成為印象派的宗師之後，他知道生命裡有一個關鍵的時刻，是遇到了布丹，使原來滿足於「肉眼」的犀利、滿足於「諷刺」、在「諷刺」裡沾沾自喜的自己，有了反省，有了改變的可能。

莫內學會了布丹長時間坐在海濱的孤獨安靜，學會布丹在浩瀚的光前面收斂少年輕狂的「諷刺」，學會一整天看海面的光的變化。看著光的變化，覺得沮喪，畫不出來，覺得無能為力。然而正是這種沮喪，讓原來得意於自己犀利「肉眼」的莫內，學會了「天眼」的廣闊包容，學會了謙卑。

不知道自己渺小，或許永遠看不到偉大。

慧眼

莫內在二十歲左右到了巴黎，帶著被布丹開啟的眼睛，看著都會的繁華。他進了葛萊爾（Charles Gleyre）畫室，跟同樣年齡的文藝青年日日相處，夢想著創造新時代的美學。他們一起畫畫、討論作品，「他們」，包括了：雷諾瓦、希斯理（Sisley）、巴吉爾（Bazille）、竇加（E. Degas）、莫莉索（B. Morisot）、塞尚（P. Cezanne）、畢沙羅（Pissaro）——一個繪畫歷史上輝煌的名單，在長達十幾年間，他們被主流排斥，被學院保守者打擊，他們的作品一次一次從國家競賽中落選，被輕視、被謾罵、被諷刺——

然而已經開啟了「天」的眼睛，人世間的瑣碎或許可以不那麼擾亂莫內走向自然廣闊的安靜篤定吧。

莫內二十五歲愛戀上畫室模特兒卡蜜兒，卡蜜兒父母不同意女兒跟上這麼沒有前途的窮畫家，不同意讓他們結婚。然而他們同居了，一八七六年有了男孩，男孩到三歲，才被容許正式結婚，莫內仍然在生活的困窘潦倒中。

莫內站在黎明前的哈弗港邊，全神貫注，等待水面上第一道日出的光，凝視那一道光拉長，閃爍，在水波上顫動，他拿起畫筆快速在畫布上記錄，留下了《印象・日出》這件劃時代的名作。

《印象・日出》參加國家競賽，還是落選了，評審覺得粗糙沒有細節。三十五歲左右的許多畫家，忍受十年的落選，決定自己辦一次「落選展」，對抗始終不能面對自己時代的保守的官方美展。

這是「印象派」團體第一次的集結展出。

《印象・日出》一八七四年展出，被報紙報導，充滿諷刺的批評文字，選用了「印象」這樣的字眼嘲諷莫內，也嘲諷一個時代全新的美學努力。

諷刺，因為太酸，有腐蝕性，傷害他人，也傷害自己，卻不能正面建立有意義的事。但是，沒有人想到，「印象派」名稱，從諷刺而來，卻成為了歷史的碑記。莫內因此被稱為「印象派的命名者」，然而大家常常忘了那位存心諷刺的批評家的名字。

法眼

一八七七年莫內以聖拉札爾火車站畫了一系列作品，一八七八年他又以巴黎世界博覽會旗幟飄揚的蒙托哥街畫了一系列作品。感覺得到在七〇年代，他對都會新興文明的興奮。他面對著汽笛鳴叫、冒著濃煙向前衝來的火車頭，他試圖一次一次記錄下那在月台上等待出發的狂喜。

工業、機械、鋼鐵、油煙、煤炭，工業初期，一切飽含生命力的能源物質都讓他興奮。

然而，莫內在一八七九年將面臨他生命一次重要的轉折，與他生活在一起十數年、生了兩個孩子的妻子卡蜜兒罹患重病。九月二日卡蜜兒臨終彌留，莫內守在床旁邊，快速記錄下妻子的面容，躺臥在病榻的卡蜜兒，交握著雙手，閉著眼睛，臉上的光，逐漸消失，消失在一片一片快速逝去的暗影中。這個莫內熟悉的肉身，這個長年一直在莫內的畫中出現的肉身，這個莫內曾經如此愛撫擁抱的肉身，這個不聽醫生警告、忍痛生下第二個孩子的肉身，就在莫內眼前，剎那間煙飛雲散。

畫家能夠留住什麼嗎？

莫內或許在做他人生艱難的功課吧？不是美術的功課，不是畫布上的功課。畫家一旦要用生命本身去書寫的時候，技巧、色彩、筆觸都如此無力。

一生都在努力追尋光的畫家，彷彿忽然領悟，原來光如此留不住，光在自己最愛的肉身上一段一段消逝，一絲一絲消逝，夢幻泡影，不給畫家一點點留住的可能。

莫內在卡蜜兒去世後，沉寂一段時間，一位收藏家的妻子愛麗絲為他照顧兩個幼兒。愛麗絲自己有六個小孩，丈夫破產，逃亡比利時。愛麗絲和莫內，彷彿相濡以沫，在吉維尼（Giverny）鄉下找到棲居之所，帶著八個孩子，開始了新的生活。

從一八八四年到一八九一年，長達七年，莫內走在吉維尼的曠野中，持續只畫一個主題「乾草堆」。

世界各大博物館都有莫內的「乾草堆」，或一、兩張，或三、四張，如果看到三十幾張「乾草堆」，組合起來，會看到一個畫家如何走在收割的麥田中，如何凝視觀想一堆一堆廢棄的「乾草」。乾草堆在田間，日出日落，雨天晴天，雨霧風雪，慢慢腐爛風化，在塵土中消逝，像人的身體一樣，像一切物質一樣，夢幻泡影。

莫內在黎明等待乾草堆上第一道曙光，在夕陽裡等待最後一線陽光消逝，看到月光照亮草堆的輪廓，看到大雪覆蓋著的草堆。一個最卑微平凡的主題，不像風景的風景，莫內看到了，沒有諷刺，沒有批判，甚至沒有要「抓住」的慾望野心，他回復到單純的看，好像希望看到物質的本質。

一定有一種眼睛可以看透物質的本質吧？那些在光裡消逝的物質，那些如此具體的肉身，到哪裡去了？

可以看到嗎？莫內用世人不容易了解的眼睛看著時光裡的物質，他在修行自己觀看事物的另一種能力吧？

「乾草堆」系列持續創作了七年。此後莫內的作品常常是在長時間對同一主題的重複觀察，像「胡昂教堂」系列，像倫敦的「泰晤士河國會大廈」系列。主題或許只是一個藉口，莫內真正要觀察的是同一個主題在漫長時間裡光的變化。他最後持續最長時間的系列創作是「睡蓮」，在長達二十幾年的時光裡，完成無數巨大尺寸的畫作，成為他留給二十世紀最重要的精神象徵。

佛眼

一八八七年開始，莫內在吉維尼農村找到一處地方，租了一塊農田，把穀倉改成畫室，開始畫附近的風景。他的第二任妻子愛麗絲，和八個孩子，一起整理這個農莊。莫內賣畫，逐漸有了收入，把農莊買下來，栽植花木果樹。他一直嚮往東方，因此開闢水塘，引水渠種植睡蓮，水塘四周栽植垂柳。他看過日本浮世繪版畫，嚮往畫中拱橋的優雅，就在水塘上也建造了一個「日本橋」，橋拱上攀爬著紫藤。

他是為畫畫，開闢了花園，而花園也變成他重要的作品。莫內花園是一個畫家心靈的淨土。

這個著名的「莫內花園」(Monet's Garden)，在他第二個兒子米榭去世後捐贈給了法國政府，成為公眾財產，是全世界遊客認識莫內、懷念莫內的重要地方。

進入二十世紀，莫內六十歲，他經營的花園已經綠蔭蓊鬱，一年四季，不同的花朵提供各種不同的豔麗色彩。他開始畫自己的花園，畫自己親手培植的花卉樹木：睡蓮、垂柳、鳶尾、百子蓮、萱草、玫瑰……。

花園其實不大，他從各個不同的角落畫，在不同的時間畫，晴天的睡蓮，雨霧裡的睡蓮，月光下的睡蓮，夕陽迴光返照的睡蓮，垂柳倒影中浮起來的睡蓮。莫內像用「蒙太奇」的電影手法拼接不同時間裡的睡蓮。每一個剎那，睡蓮都如此「無常」，下一個時刻就要改變，或綻放，或凋零，如夢幻泡影。然而在長達三百公分，長達十公尺、十六公尺的橫向空間裡，莫內用類似東方「手卷」的移動方式，讓觀看者一面走、一面瀏覽著每一段「睡蓮」，從綻放到凋零，從凋零又到重生，莫內要說的故事彷彿是一朵花在表象以外的故事。

七十歲以後的莫內面對生命更艱難的功課，一九一一年，妻子愛麗絲去世，一九一二年莫內右眼因白內障失明，一九一四年長子去世。接下來是長達四年的第一次世界大戰。

莫內孤獨地面對他的花園，視力模糊到無法選擇顏料，他常常要詢問助手：這管顏料是什麼？

他沒有停止創作，他在同一個時間畫好幾張巨大的畫。花園外面砲聲隆隆，他在盲人般的黑暗裡摸索著光，摸索著色彩。

是因為視覺關閉了，才有機會開啟心靈的眼睛嗎？

如果到巴黎橘園美術館（Musée de l'Orangerie），走進莫內最後創作的兩個睡蓮的環形展廳，牆壁四周環繞著睡蓮，觀看者被睡蓮包圍，聽到風聲、雨聲，日出日落，春去秋來，睡蓮一朵一朵綻放，畫家彷彿可以聽到那麼安靜的花瓣打開的聲音。

莫內在一九二三年八十三歲高齡動眼睛手術，恢復了視力，他絢爛的色彩像噴出的熔岩，濃鬱糾結，已經成為醫學與美學共同關注的重要個案。

瑪摩丹美術館（Musée Marmottan Monet）的莫內最後期作品，多是家人捐贈，是莫內畫室留下的私密作品，因為不出售，甚至沒有簽名，或許是難得觀看莫內真實創作過

程最好的資料。其中有許多正是他白內障失明到恢復視力階段的作品，在一團一團糾結的色塊與流動的線條裡，使人想像莫內關閉視覺時依憑心靈創作的自由狀態。

土耳其作家奧罕・帕慕克在《我的名字叫紅》(*Benim Adim Kirmizi*)裡寫到古鄂圖曼帝國的宮廷畫師，畫最精細的細密畫，視覺銳利到極限，然而最好的畫師刺瞎雙目，不再依靠視覺。他彷彿知道，美是視覺看不見的。

莫內眼睛曾經如此犀利聰明，為此，他要用一生八十六年的歲月，來讓身體上其他的眼睛一一打開。

幸福，雷諾瓦

雷諾瓦用了一生兩個截然不同的女性圖像說著同一個「幸福」的主題，使人悵然若失，又使人啼笑皆非，然而都是多麼真實而難以把握的「幸福」啊。

回想起來，年輕的時候，好像沒有喜歡過雷諾瓦。

上個世紀的六〇年代，台灣的文化出版流行一種「悲劇藝術家」的書，好像不「悲劇」不能成就「藝術」。

雷諾瓦的繪畫，從表面上看，是一點也不悲劇的，他總是被稱為「幸福」、「甜美」，在那一崇尚「悲劇」的時代也因此容易被文藝青年忽視吧。

一般文藝青年很自然受一個時代風氣習染，六〇年代前後的台灣，早逝的王尚義，《野鴿子的黃昏》總在青年手中，他的死亡成為一個時代的記憶。尼采的瘋狂悲劇哲學，《蘇魯支語錄》（*Also sprach Zarathustra*）一開始，先知對太陽說：「偉大的星球，若不是我的存在，祢的偉大何在。」

孤獨、疏離、荒謬，青年們嗜讀卡繆的《異鄉人》，好像也因為他的車禍猝逝，使創作者的生命可以如此風馳電掣，死亡變成一種悲壯的完成。

繪畫藝術中，又割耳朵，又住精神病院的梵谷，對抗世俗、瘋狂，在致死寂寞中如烈焰般燃燒自己，三十七歲在飛揚起暮鴉的麥田中舉槍自盡，不只是他的藝術，他的生命本身，更像是一代文藝青年渴望揮霍自己青春的悲劇典範吧。

生命存活的意義何在？

如果生命不想苟延殘喘，不想像瘂弦〈深淵〉的詩句「厚著臉皮占地球的一部分——」，青年們寧可嚮往不可知的、模糊的悲劇。對抗妥協，對抗苟活，藉著文學藝術，寧為玉碎，尋找著彷彿集體毀滅式的快感。三島由紀夫在盛壯之年，用利刃切腹，撕裂自己最完美的肉體，他的悲劇自戕，像他的小說《金閣寺》，在熊熊巨大火焰裡灰飛煙滅，如此乾淨純粹的死亡，嘲笑著世俗「厚著臉皮占地球的一部分」的邋遢骯髒的苟活。

青年耽溺的死亡悲劇或許與文藝無關，而是生命在苦悶虛無年代反叛式的控訴與抗議吧。

文藝青年如果不是在青年時就像王尚義，留下猝然夭逝的傳奇，不幸或有幸活下來了，大多要因此做更多的功課。而在年輕耽溺青春夭亡的時刻，其實並不知道，如果活下來了，生命漫漫長途，後面會有什麼東西在等著自己。

雷諾瓦便是在生命長途的後段等著告訴我什麼重要話語的創作者吧。

陶瓷工匠

雷諾瓦生在一八四一年，比莫內小一歲。他是法國外省小城利摩日（Limoge）的一個工人家庭的孩子。利摩日像台灣的鶯歌吧，中世紀以來就是生產陶瓷的工藝小城，一直到今天，仍以仿製中國的青花瓷工藝著名。雷諾瓦童年就在當地陶瓷工廠工作，以他特別敏銳的繪畫天分，在精細瓷器上以釉料從事彩繪的工藝。這一從小熟悉的手工，在他後來的繪畫創作上發生了極大的影響。雷諾瓦對精細工藝的興趣，對瓷器彩釉裡特別潤澤的光，與細緻優雅的筆觸質感，華麗的色彩，根深柢固，成為雷諾瓦美學的核心基礎。他以後畫作裡的女性都有溫潤如玉的肌膚，他處理油畫，筆觸滑膩透明，有時色彩滲油暈染混合，彷彿陶瓷表面彩釉窯變，都像是來自他童年對瓷器表面精美釉料彩繪的記憶。

雷諾瓦後來成為印象派創作上的大畫家，然而他與法國民間工藝關係密切。他也曾經製作類似女性摺扇一類精細描繪的外銷裝飾工藝。青年時在羅浮宮的臨摹，他也對法國洛可可時期宮廷裸女畫的布雪（Boucher）特別鍾情。或許，雷諾瓦在貧窮的工人家庭長大，一直嚮往貴族甜美華麗優雅的生活，他的現實生活的貧窮，恰好在創作藝術時得到彌補。他的畫中洋溢著的安逸、甜美、幸福，竟像是他現實生活缺憾的補償。

印象派是西方藝術史上影響最大的一個畫派，印象派裡最重要、知名度最高的兩名畫家，就是莫內與雷諾瓦。

莫內生於一八四〇年，比雷諾瓦大一歲，他們的童年都不在巴黎。雷諾瓦的故鄉是陶瓷小城利摩日，莫內則是在諾曼第的哈弗港長大。雷諾瓦童年靠陶瓷彩繪維生，莫內父母經營小雜貨店，他青少年時就出售人物卡通漫畫。他們創作最早的起步都植根於生活，而不是只講技術的學院美術。

巴黎在工業革命後形成大都會，經過一八五〇年代行政長官歐斯曼（Haussmann）的大巴黎改建，火車通車，行走汽車的馬路四通八達，巴黎經由工業革命，變身成為外地農業、手工業小鎮青年嚮往的現代大都會。

許多年輕人湧向大都會，二十歲前後，莫內、雷諾瓦也都到了巴黎。帶著他們的夢想，帶著他們來自外省小城的純樸生命力，要在繁華的巴黎嶄露頭角。一八六〇年代他們相繼進入葛萊爾畫室，與希斯里、巴吉爾成為同門師兄弟。

新中產階級

感受到新時代工業的、都會的節奏，感覺到機械文明帶給時代的激昂與興奮。行走在巴黎的大街上，新崛起的中產階級，衣著時尚，談吐優雅，坐在咖啡館，欣賞歌劇、芭蕾，在公共磨坊空間相擁起舞。他們光鮮亮麗，富足而自由，享有工業帶來的一切美好便利，他們就是印象畫派的真正主人——「新巴黎人」。他們感覺到自己的時代如此美好，他們不懷舊，不感傷，不沉悶痛苦，他們要活在自己的時代中，他們要用文學音樂歌頌自己的時代，他們要繪畫出自己時代光輝亮麗開明而愉悅享樂的都市風貌。

一八七四年莫內以一張《印象・日出》為印象派命名，追求戶外瞬息萬變的光，印象派也被稱為「外光畫派」。

但是僅僅從繪畫視覺上解釋印象派的「光」與「筆觸」，並不足以了解這個圍繞一八七〇年代的美學運動。美學並不只是技巧，而是息息相關著一個時代政治經濟社會全面的變遷。

一八七四年莫內面對旭日東升的剎那印象，創作屬於自己時代的風景。然而雷諾瓦在新建好不久的歌劇院包廂，記錄了巴黎新中產階級文化休閒生活華美的時尚。莫內捕捉自然風景，雷諾瓦記錄人文風貌，他們共同創造了自己時代全新的美學。

印象派的畫可以談光、談筆觸、談色彩，但是印象派除了繪畫的技巧變革，也更是一個時代社會變革的圖像記憶。

以社會變革的圖像記憶來看，雷諾瓦以新巴黎中產階級生活為主題的畫作也許更具時代標籤的意義。

一八七六年雷諾瓦創作巨幅的《煎餅磨坊的舞會》（*Le Bal au Moulin de la Galette*），最可以做為巴黎新中產階級崛起的社會紀錄來看。

工業革命後，許多原有的磨坊（moulin）空間改裝成都市人社交、表演、舞蹈的場所，羅特列克（Toulouse Lautrec）的《紅磨坊》（*Au Moulin Rouge*）也是一例。晚三十年，羅特列克畫裡的磨坊空間擠壓著社會邊緣者討生活的辛酸。然而雷諾瓦的《煎餅磨坊的舞會》

裡，巴黎新中產階級如日中天，他們穿著時尚，男男女女，或相擁起舞，或輕言款笑。陽光從樹隙撒下，天光雲影，如此風和日麗。這是工業初期都會男女的富足悠閒，他們享受著工業帶來的便利，還不需要憂慮都會以後要面對的擁擠汙染罪惡的質變。雷諾瓦述說著歐洲文明史上最明亮光輝的一頁史詩，他的繪畫像是襯在華爾滋美麗輕盈旋律中的舞步，每一個畫面中的男女都彷彿要飛揚起來。

《煎餅磨坊的舞會》和傳統歐洲人物肖像不同，畫中不再有個別的「貴族」、「英雄」。都會的「新英雄」不是個人，而是集體創造財富的「新中產階級」。

比雷諾瓦早二十年，大約在一八五〇年代後期創作的巴比松畫派，像米勒的《拾穗》（一八五七）、《晚禱》（一八五八），都還在記錄農業沉重勞動的莊嚴。僅僅二十年過去，工業革命在都會生活上翻天覆地的改變，立刻影響到雷諾瓦畫作出現截然不同的時代主題，《拾穗》裡物質的匱乏貧窮，體力勞動的辛苦沉重，一下子轉變為都會中產階級富裕享樂的輕盈華美。

從「沉黯」到「明亮」，從「沉重」到「輕盈」，雷諾瓦和印象派畫家完成了時代的美學革新。

富裕休閒生活

工業、科技、機械，大量減低了農業時代人類的勞動量。許多被機械取代的生產力，造就了人類文明史上從未有過的「悠閒」。巴黎到處出現供都會男女休閒社交的咖啡店，一八七〇年代，即使有普法戰爭，有工農革命的「巴黎公社」，這些社會動亂，卻絲毫沒有打斷城市都會休閒娛樂生活的節奏。雷諾瓦的《劇院包厢》（一八七四）、《煎餅磨坊的舞會》（一八七六）、《夏邦蒂夫人和孩子》（一八七八）、《船上午宴》（一八八〇），連續幾件劃時代的巨作，告別了農業，告別了鄉村，把視覺藝術的焦點轉向都會，轉向新崛起的城市中產階級。

《夏邦蒂夫人和孩子》中的女主人穿著黑絲蕾紗的長裙，閒適優雅坐在客廳中。她的「沙龍」（salon）不只是一個客廳，她身邊兩名女兒淺粉藍的衣著，爬在腳邊的黑白毛寵物，地上鋪的地毯，身後孔雀圖樣的東方圍屏，小几上陶罐的花束，波斯式的玻璃水瓶——「沙龍」不只是財富的炫耀，也許更深的美學意涵是「文化教養」。

一個社會僅僅擁有財富是不夠的，如果沒有一張雷諾瓦《夏邦蒂夫人和孩子》這樣的畫作留下來，社會富有過，也只是傖俗而喧囂的空虛吧。

展示在紐約大都會美術館的《夏邦蒂夫人和孩子》是雷諾瓦前期的名作，也是全世界都會生活嚮往的沙龍教養的典範。

一八八〇年雷諾瓦創作了《船上午宴》，這張收藏在華盛頓首府的畫作，曾經是世界上第一件跨國銀行用來製作「信用卡」的繪畫。

夏日燦爛陽光，男子著白背心，麥草草帽，女子抱著哈巴狗親吻，紅白條的船屋棚頂，桌上的水果、乳酪、紅酒，如此富足豐盛的物質，如此美好的歲月，悠閒享樂的生命，沒有憂慮，沒有匱乏，安逸甜美。

然而我們知道創作這些畫作時的雷諾瓦常常連顏料都購買不起。

一張用來發行「信用卡」的繪畫，鼓勵著消費、度假、休閒，鼓勵著物質的富足，鼓勵著無憂無慮的甜美生活。然而畫家卻是在貧困中造就著一個時代的夢想，巴黎都會化以後的夢，全世界城市都會化以後的夢，隔了一個半世紀回看雷諾瓦畫中留下的工業初期的人類夢想，這些揮之不去的記憶圖像，像是繁華，又像是浮華，都已不堪回首。

病痛與赤裸肉體

一八九〇年代雷諾瓦持續創作了傑出的「舞會」系列，和「鋼琴少女」系列，稍稍在賣畫中改善了生活的貧窮畫家，仍然嚮往著文化與教養中優雅甜美的女性。

然而他不知道，過了五十歲，生活的富有得到了，他卻罹患了類風濕性關節炎。身體上關節的痛，日復一日折磨著畫家。逐漸衰老病痛的肉體，坐在輪椅上繼續創作，看著面前年輕豐腴紅潤飽滿的模特兒的肉體，創作了他後期完全不同的女性形象。

一八九二年以後，雷諾瓦類風濕性關節炎日趨嚴重，關節變形扭曲劇痛，使他早年優雅細緻的畫風逐漸轉變。進入二十世紀以後，用色愈趨飽和大膽，筆觸愈趨粗獷狂野，從文化休閒生活中的優雅女性主題，轉變為肉體豐腴飽滿的赤裸女性。晚年的雷諾瓦，特別是在進入一九一〇年之後，他已經是七十高齡，在他的自畫像中顯得清癯乾瘦，面容身軀都有些枯槁的衰老病痛畫家，長年坐在輪椅上，然而他卻創作了一幅又一幅色彩鮮豔的裸女。

法蘭西洛可可時代宮廷繪畫裡的裸女傳統，在雷諾瓦的筆下，以更世俗豔麗的色彩溫度出現。這些裸女畫，洋溢著肉體野性的氣息，倘佯在樹林間，在海隅，在藍天下，

在泉水邊，炎熱的夏日，清涼的沐浴，沐浴完用白色浴巾擦拭著腋下、胯下。

肉體如此真實。

畫家劇痛到不容易執持畫筆的關節，右邊肩膀關節癱瘓，手肘癱瘓，手指癱瘓，然而畫筆堅持艱難地在畫布上挪移摸索，畫面上迸放出幸福到不克遏制的華麗豐美的女性肉體。

一九〇七年移居到法國南部普羅旺斯濱海的坎尼（Cagnes-sur-Mer）之後，他的畫室裡，輪椅成為必要的配備。每一天清晨，他讓僕人把自己固定在輪椅中，面對著模特兒青春健康的肉體，他在畫布上用最激昂的色彩筆觸捕捉一寸一寸肉體的氣息。與早年畫中優雅有文化教養的女性如此不同，在身體衰老劇痛的煎熬中，老畫家好像有了領悟，生命的幸福，原來可以只是緊緊擁抱著這樣純粹有熱烈溫度的肉體。所有光鮮亮麗的服飾珠寶，所有高貴文雅的禮儀，彷彿都不如一寸一分真實的肉體那麼具有現世的意義。

老畫家在繪畫的世界肆無忌憚，狂暴熱烈地沉迷耽溺在這些肉體中，好像要藉這樣的肉體告訴世人他青年時不懂得的「幸福」。

一九一八世界一次大戰結束，他在臨終前一年創作色彩豐豔的《大浴女》，像是呼喚遠古神話諸神美麗肉體的長篇頌讚，然而，畫家自己的肉體就要走了。

青年貧窮時夢想富足、優雅、閒適，老年病痛時嚮往赤裸豐滿肉體，雷諾瓦用了一生兩個截然不同的女性圖像說著同一個「幸福」的主題，使人悵然若失，又使人啼笑皆非，然而都是多麼真實而難以把握的「幸福」啊。

不知道雷諾瓦畫中最後的「幸福」會不會是另一種無言而深沉的生命悲劇。

肉身故事與神話世界

仰望星空，還是想重說一次織女與牛郎的故事，他們的愛悅、眷戀、貪歡，都如此真實，他們的分離、孤獨、渴望，也如此真實。

好幾年沒有在冬季回到巴黎了。有一點忘了這個城市在沒有花的繽紛、沒有樹葉濃蔭的冬天，原來是這麼蕭瑟、清冷、澄淨，像水晶或琉璃中凝凍的光，像波特萊爾一句散文詩。

灰色的天空浮走著灰色的雲，高大刺入天際的梧桐、橡樹的枝莖，一縷一縷，像倒懸飄揚的髮絲，在寒風的流光裡搖晃顫動。

走過一片一片鋪得厚厚的枯葉，聽到地上沙沙作響。是自己留在枯葉上的腳步聲，也是他人的腳步聲，錯綜疊沓，彷彿許多世紀以來走過、卻始終走不過去的腳步的聲音，在一個冬季的枯葉上停留著。和風、和雨水、和殘雪混合，透露出一點慢慢腐爛卻十分清新鮮明的植物的氣味。

走過塞納河，有一點忘了河流可以如此潺潺湲湲，流著銀灰色如金屬一樣冷靜的光，在橋墩下迴旋蕩漾，彷彿徘徊、踟躕、猶疑，捨不得立刻就走，然而，終究浩浩蕩蕩朝向夕陽遙遠寬闊的天邊澎湃洶湧流去了。

冬季的巴黎，像路旁豎著衣領匆匆快步走過的路人，目不旁視，好像不希望被人看見，要在一陣風裡消逝。除非強風吹掉了帽子或圍巾，只好抱怨著，一臉不高興，但還是必須回頭追著風、趕著去撿拾。

低頭撿起帽子，發現一地都是落葉，四處翻滾散落，然而沒有一棵樹會低下頭多看一眼。

城市的時光是這樣逝去的，都以為只有自己留下腳步聲，卻不容易聽見每一世紀所有走過的腳步聲都還留在枯葉上，沒有一個曾經離去。初讀卡繆，也總是聽到他沙沙的腳步聲踩在入冬以後河邊的枯葉上。

鎖

河上的幾座橋，到了冬天，不常有行人。

藝術橋（Pont des Arts）在夏天的傍晚，擠滿人群。認識的，不認識的，靠在一起，講話、抽菸、喝酒，很快熟了，擁抱著，或很快分手了，說：再見。但大部分知道，不會再見了。

見面與分手都不艱難，好像也少了情感的深度。

不知道為什麼，藝術橋的鐵欄杆上這兩年突然多了好多鎖。第一次看到這樣密密麻麻上千上萬的鎖，是在上一世紀八〇年代的黃山。沿路的護欄上也是這樣密密麻麻扣著上千上萬的鎖。有專門賣鎖的人，替遊客把姓名快速鐫刻在鎖上，扣在護欄上，發願、祝禱，永遠在一起，然後把鑰匙遠遠扔向山谷。沒有鑰匙的鎖，再也打不開的鎖，祈願的人好像也相信可以永遠不分開了。

我細看了一下，鎖上鐫刻的名字，很多是夫妻、愛侶，兩個人的姓名，有時候圈在一個同心結中。也有的姓名是兄弟三人，或姊妹倆人，也有貪心的，把一家父母兄弟姊妹都刻上去，加上「不離不棄」、「永不分離」等字樣。

黃山山路陡峻、坎坷、崎嶇，風景奇險，步步驚魂。一路上看著這麼多鎖，這麼多鎖上的名字，這麼多海枯石爛、生死不渝的銘刻，這麼多沒有鑰匙、永遠打不開的鎖，這麼多希望不再分離的親人愛侶的願望，心裡一陣一陣心酸。

文革十年浩劫剛結束不久，大概知道，重新活下來、親愛的人可以在一起生活，是多麼恐懼「離」「散」，要用一把一把的鎖，把彼此「鎖」在一起，要把可以打開鎖的鑰匙用力扔到遠方。

其實，在華人傳統裡，一直有給孩子頸脖上掛鎖的習俗。孩子誕生，親友送禮，也還會用黃金、白銀打一個鎖片做禮物。我去巴黎讀書時，母親給我打過一個特大號的銀鎖片，我當時其實還不知道「鎖」在一起，對戰亂中離散過的人有多麼深重的象徵涵義。

但是，華人「鎖」的符號象徵，為什麼會飄洋過海到了巴黎？是華人觀光客在這城市的祈願嗎？美好的度假時光，把自己跟親人鎖在異國的城市橋梁上，把鑰匙扔進塞納河裡，再也找不到，再也打不開，就可以生生世世不再分開了。

半世紀以來，相見與分離都不艱難的巴黎人，可以了解這樣一把一把鎖相扣、相堆疊、密密麻麻牽連糾纏在一起的象徵意義嗎？

石頭

永世不再分開，是說肉身的不離不棄嗎？還是說心靈的牽掛纏綿？那像是神話裡的故事，像普羅米修斯把火帶給人類，因此受諸神詛咒，懲罰他的肉身，永遠鎖在懸崖岩壁上，每日被兀鷹撕開胸膛，啄食肝臟，夜裡復原，次日再受撕裂啄食的劇痛。跟普羅米修斯鎖在一起的，幾世幾劫，只是天荒地老堅硬冰冷永不動情的岩石。後來，赫克力士來解救他，為普羅米修斯剪開鐵鏈，但是，為了要瞞過諸神監視，就讓一塊岩石跟普羅米修斯永遠鎖在一起，永遠不會分開。那是諸神的鎖，是永世的詛咒，永遠打不開。

普羅米修斯身上那一塊永遠解不開的石頭，常讓我想到《紅樓夢》一開始丟棄在大荒山、無稽崖、青埂峰下的那一塊石頭。

那一塊石頭自怨自哀，幾世幾劫，就修成了人的肉身，他（它）轉世投胎，來到人間，就是賈寶玉。寶玉誕生時，口中還啣著那一塊石頭，石頭上鐫刻了字「莫失莫忘」，繫了五彩絲絛，掛在頸項上，也就是人人稱讚的「寶玉」。

或許，有緣就是寶玉，撒手去了，其實也只是洪荒中一塊可有可無的頑石罷了。

青埂峰下那一塊石頭，永遠鎖在普羅米修斯身上的那一塊石頭，都是神話世界的肉身故事，流浪生死，幾世幾劫，要了結自己與自己肉身的緣分。

華人的世界，肉身的故事，是一塊大荒中的石頭，一株靈河岸邊的絳珠草。那肉身還是草木頑石，還沒有人的形貌，連動物的體溫也還沒有，然而它們嚮往成為人，即使要在人間塵世受愛恨之苦。

白蛇的故事也是用幾百年的時間，日日夜夜，取日月雨露精華，修成女子的肉身。如此艱難，要忍受幾世幾劫的孤獨，一心修成肉身，然而這肉體剛剛取得，這女子的肉身就要去西湖岸邊，在春日明媚的細雨迷濛裡遇見宿命中鎖在一起的另一個肉體。

有人覺得巴黎橋梁上的鎖很醜，有人覺得在橋上兜售鎖的商販很壞，像詐騙集團，敲詐觀光客。有人覺得兩個遊客傻傻地買鎖，刻名字，念念有詞，不離不棄，把鎖鎖好，把鑰匙丟進河裡，真是很愚蠢。

「太愚蠢了！」我聽到有過路的人搖頭嘆息。

但那兩個默禱的人，手指相扣，不會聽別人瑣碎嘮叨。他們一心一意地虔誠專注，也讓我覺得心酸。

祈願，對不關痛癢的局外人，本來就是愚蠢的吧。

不知道白素貞當年如果知道她的結局，是否還是決定要去遊湖、借傘？

法海其實是那個在旁邊一直瑣碎嘮叨的旁觀者，他總是自作聰明，「蛇怎麼可以跟人戀愛？」腦中有枷鎖，打不開，千方百計，一定要拆散許仙白蛇。

神話讓人謙卑，因為好的神話都不在意結局。白蛇的結局會有不同的版本，她（牠）是被法海壓在雷峰塔下受永世的懲罰，還是終於在兒子跪拜下塔倒現身？民間戲劇，有時結束在「合鉢」，有時結束在「祭塔」，沒有人會質問哪種結局才是對的。喜歡執著對錯的頭腦，多半看不懂神話。

法海可悲，沒有人喜歡他，覺得他多管閒事，但他也可憐，因為他不知道自己執著。

有人硬要把神話用理性歸納成合邏輯的結局，神話也就死亡了。有文字以後的歷史，開始把口述神話的多元性定於一尊，只有一個版本，「怪、力、亂、神」，通通要歸納成邏輯，神話原來可以天馬行空，此時飛不起來，被硬生生拉下來，摔死了。強迫故事有一定的理性邏輯，也當然枯燥呆板乏味，像文革浩劫，所有樣板都無趣單調，沒有人要看。

該隱

走過杜勒麗公園，看到高高台座上站立一個用右手蒙面的裸體男子雕像，那肉身如此孤單無助，蒼天白雲，在枯樹林間彷彿哭泣、彷彿顫慄、彷彿無處可以躲藏，如此恐懼，如此孤獨，我心裡叫喊：「啊！該隱——」

我走近雕像，台座上刻著幾個字母：CAIN，果然是該隱，那個殺死自己兄弟亞伯的人。

為什麼我們知道他是該隱？他身上沒有任何標記，沒有可以辨認的衣物，沒有殺人的動作，然而在他的肉身裡看到如此清晰帶著該隱的慌恐怖懼。該隱是西方神話裡第一個犯「謀殺罪」的人類。

中學時聽神父講《創世紀》，講到亞當和夏娃，生了兩個兒子，一個該隱，一個亞伯。該隱種地，亞伯牧羊。該隱獻祭田裡收成的五穀，亞伯獻祭頭生的羊和油脂。耶和華神喜歡亞伯的供品，該隱就生氣發怒，在田間殺了兄弟亞伯。

神父慢慢念，耶和華問該隱：「你兄弟亞伯在哪裡？」該隱回答說：「不知道。」並且說：「我豈是看守我兄弟的嗎——」

我那時沒有看過該隱的繪畫或雕像，但腦海閃過一個恐慌孤獨的肉身，一個犯了罪，無處可以閃躲的肉身，就正是這尊雕像的樣子。

所以肉身是帶這這麼鮮明的故事的標記嗎？屍體銷毀了，殺人的凶器隱藏了，身上的髒汙洗去了，沾染血跡的衣服剝光了，然而「神」來質問：「你的兄弟亞伯在哪裡？」

基督教的肉身是要在塵世間做救贖的，米開朗基羅的《最後審判》，所有死去的肉身，要再一次復活，接受審判。封印一個一個打開，天使吹起號角，死者重新從地裡起來。

我總記得那巨大的畫面裡浮浮沉沉的肉身，上升的，下降的，聖潔的，墮落的，有人蒙著眼睛，不敢看自己將要墮入的深淵，有人手中用一串念珠，試圖拉起一個沉重向下墜落的身體。肉身這麼沉重，可以拉起來嗎？

肉身，可以輕盈一點嗎？

我想到經書裡耶和華神對該隱說的又像詛咒又像祝福的話：「你必流離飄盪在地上——」

肉身流離飄盪，像《地藏經》說的「流浪生死」嗎？

在世界神話的國度有多少肉身在「流離飄盪」，有多少肉身在一次一次經歷「生死流浪」。

濕婆

印度的神話裡，肉身是一世一世一界一界流轉的，不只人的肉身如此，神的肉身也一樣「流離飄盪」。

希臘的神話故事裡的肉身比較容易辨認，普羅米修斯、宙斯、維納斯、阿波羅、酒神戴奥尼索斯、牧神——幾乎都有一眼可以辨認的形象。印度的神話常常令人眼花撩亂，一個神祇，會有多到數十種化身，千變萬化，讓人摸不著頭腦，然而，印度神話的「無常」，是不是也正是破解執著單一邏輯的最好妙方呢？如果沒有隨佛教傳入中土的印度神話，光憑儒家方方正正的邏輯頭腦思考，大概很難有《西遊記》這樣一部上天下地、呼風喚雨、時時七十二變讓人驚歎的好小說吧。

我喜歡看印度的舞蹈和戲劇，影響到整個東南亞廣大地區，肉身柔軟，嫵媚曼妙，四肢骨節可以不受拘束，手指可以如花瓣婉轉，他們彷彿相信肉身可以這樣自由沒有限制。一個文明裡，肉身不自由、不柔軟，不能包容變化，是因為頭腦心靈的老死僵化嗎？

印度教大神濕婆（Shiva），可以忽男忽女、忽老忽少，人世間的分別，年齡、性別、相貌、甚至美醜、善惡，對祂都無分別。神與魔，一念之間，原來也多半只是自己執著。濕婆神和大部分印度神祇一樣，祂們的行為事蹟，如果要用善惡邏輯來分辨，大概一定一頭霧水。在人界定的善惡是非裡執著，或許就難看到天意的廣闊吧。印度的神話世界「摩訶婆羅多」或是「羅摩衍那」令人驚訝，數千數萬眾生如微塵死滅，不以為惡，沒有憐憫，數千數萬眾生得救，不以為善，沒有喜悅。善、惡是人間是非，不知天意，執著自以為是的善，也可能恰好走向為惡。

印度神話裡主要的濕婆信仰，像是創造，也像是毀滅，像是善，也像是惡，他有「忿怒相」，青面獠牙，其他民族很難理解這也是「神」，然而「祂」卻真是「神」。「不可猜測你的神」，「神話世界」本來不是狹窄的「人」的故事，而是把「人」的各種相貌組裝成「神」。

不只印度神話世界「神」的行為「人」無法猜測，基督教《舊約》的「神」也不可猜測懷疑。耶和華要亞伯拉罕把獨生的兒子以撒帶到祭壇上獻祭，親生父親要親手殺死獨子，亞伯拉罕二話不說，綑綁以撒，放在祭台上，刀要刺進喉嚨，「神」才說：只是試探。《舊約》裡充滿神話的「不可思議」，可思，可議，大多沒有真正的大領悟。像濕

婆神，領悟了，就可以在時間與空間裡來去自如，佛教後來吸受了原始印度教的濕婆信仰，「祂」就被稱為「大自在天」。

我喜歡看繪本裡的濕婆，像一個平凡的父親，看著妻子帕瓦蒂（Parvati）手裡抱著小象模樣的兒子「甘孥夏」（Ganesha），濕婆神一臉慈祥，若不是他頸項上帶著一長串頭骨，我們認不出祂是濕婆。祂和藹可親，手持淨瓶，為小象兒子灌沐。

甘孥夏已經是世界知名的印度神了，東南亞各處可以看到祂，象頭長鼻，大肚皮，給人間帶來財富幸運。據說祂是從濕婆神笑聲裡誕生的，父親怕他太過漂亮嫵媚了，所以給他安上一個象的頭。但每次看到祂的長鼻子、細眼睛、大肚腹，還是忍不住發笑，愛發怒的人、怨恨多的人，多看看甘孥夏，大概真的會比較幸運吧。

酒神

我喜歡希臘酒神的故事，祂的希臘名字叫戴奧尼索斯（Dionysus），羅馬人給祂換了一個拉丁名字叫巴克斯（Bacchus）。我們如果真關心神話，就叫他酒神吧，酒神原可以不拘束在人的國度，也應該跳脫人的歷史。

酒神的爸爸是奧林帕斯山的眾神之王宙斯，宙斯最偉大的工作好像就是不斷戀愛、性交，繁衍後代。祂變成天鵝跟麗妲做愛，生下兩顆蛋；祂變成白色的牛追求美女歐羅巴，祂甚至變成一道光，讓封鎖在高塔裡的美女黛娜（Danae）懷孕，祂也變成老鷹，擄走人間的俊美少年賈尼美弟（Ganymede）。宙斯和濕婆都一樣千變萬化，其實很像莊子寓言核心的逍遙遊。可惜莊子的「神話」「寓言」被後來邏輯頭腦注解成「哲學」，北溟裡的大魚，失去神話魔力，也就永遠飛不起來了，肉身沉重，無法摶扶搖直上九萬里，無法幻化成一飛數月不停息的、自由自在的大鵬鳥了。

回來說酒神故事。宙斯愛上了人間美女賽美樂（Semele），夜夜交歡，賽美樂已經懷孕，被宙斯妻子天后黑拉（Hera）發現。黑拉，這個可憐的女神，總是跟在丈夫後面抓姦，祂發現賽美樂懷孕，心生忌恨，設計要讓母子兩人都死於非命。

黑拉偽裝關心，告訴賽美樂，這夜夜來的男人，神龍見首不見尾，不可靠，要塞美樂當天晚上強迫宙斯顯現全身。宙斯的全身是雷火，賽美樂是人間平凡女子，不知是詭計，不知輕重，宙斯一現全身，她就當場暴斃。

宙斯心疼胎兒，就從賽美樂腹中救出，切開自己大腿，把胎兒藏好，在腿肉中養到足月誕生，就是以後的酒神。

父親是大神，母親是人間美女，在女人子宮受孕，雷火中救出，在男人血肉中成長，這嬰兒又被赫美斯（Hermes）迅速帶到水仙處養大，火中之水，注定了祂酩酊狂醉恍惚矛盾的肉身特質。

我在奧林匹亞看過古希臘嬰兒的酒神，抱在赫美斯手中。我也喜歡十六世紀卡拉瓦喬畫的酒神，手中一杯紅酒，頭上葡萄葉冠，眼波流轉，是縱慾耽溺的肉身，一晌貪歡，那肉身像眼前一籃飽滿熟爛的果實，散發著濃郁的甜香氣味，甜熟已極，已經要敗壞腐爛了，像我們自己在歲月裡留不住的肉身。

珀修斯殺梅杜莎

希臘神話中的珀修斯太迷人了，在翡冷翠的領主廣場總是看著祂俊美的雕像，一手持刀，一手高舉剛斬下的蛇髮女妖梅杜莎的頭。

珀修斯的出生就令人驚歎，祂的父親也是宙斯，阿爾果（Argos）城邦的國王得阿波羅神諭，預言說他將來會被孫子殺死。為了逃過神喻詛咒，國王就把女兒黛娜囚禁在密不通風的銅塔中，不讓她見人，覺得如此可以避免她懷孕，沒法生孫子，就能逃過神諭詛咒。希臘神話總是告訴人的自大多麼可笑，自以為是的國王沒有料到，宙斯可以探知美女所在，祂化身成一片黃金的光，穿透銅塔，就讓黛娜懷了孕，生下了珀修斯。

珀修斯是希臘神話的英雄，祂最重要的事蹟就是斬下了女妖梅杜莎的頭。梅杜莎一頭的蛇髮，千蛇萬蛇竄動，她最厲害的本事是任何生命一看到她，立刻就變成了石頭。所有要前去斬殺梅杜莎的英雄一一變成了石塊，珀修斯如何完成祂艱鉅的使命？靠諸神幫助，珀修斯借來了有翅膀的飛鞋，借來了明亮如鏡的盾牌，珀修斯靠著盾牌的反映，不直接與梅杜莎視線接觸，逃過變成石頭的惡咒，看著鏡面，斬下了梅杜莎的頭。

神話的故事總是被一代一代演繹，沒有真正的作者，我喜歡卡爾維諾在他《寫給下一個太平世紀的備忘錄》裡接著說的珀修斯的故事：珀修斯提著斬下的女妖的頭，滴下的血使周遭的眾生都變成石頭。珀修斯為免人世繼續受苦，便帶著那頭，潛進海底，鋪了些海草，把頭放好，因此海底的水草都僵硬石化成珊瑚了。

神話是肉身的故事，肉身驚恐、怖懼、痛苦，惶惑、流離，世世代代，還在尋找安心之處。神話必然使人安心吧，一代一代閱讀神話的生命，其實也不在意神話原典一成不變，珀修斯的故事不只卡爾維諾用來解釋他對下一世紀的祝福：多一點溫柔、多一點善良、多一點體貼、多一點平和、多一點安靜，在許多動漫、卡通、通俗電玩遊戲裡，也不難看到各式各樣、甚至搞笑版本的珀修斯。

神話沒有死亡，恰好是因為這些影響廣大的通俗版本吧，讓神化活在人們的喜悅開心的視覺聽覺與心靈分享裡，用語言傳送，用圖像傳承，而不單單限制在冰冷刻板的文字典籍中。

夜晚抬頭仰望澄淨清明的的星空，會看到人們不斷傳述的神話英雄珀修斯，已經升成天空的星座，網路裡的星空，已經全是希臘神話的領域了，讓我們遺憾，織女、牛郎的故事呢？紫薇、北斗的故事呢？天狼、天璿、搖光的故事呢？曾經也有過神話的民族已經失去了祂們在現代星空的疆域了。

九歌

星空裡要重新生長出民族神話的故事，不知道是不是還要從那一塊大荒中的石頭說起？說石頭如何經過幾世幾劫，一心一意要修成人的肉身的故事。

我們的神話死亡太久了，失去了在星空裡的疆域。《九歌》、《山海經》，或許還保留著一點古老神話世界的肉身餘溫。然而，文字版本的《九歌》也距離庶民的生活太遠了。清楚看到，少數知識者壟斷的經典，都使文化生命枯槁，在大眾不聞不問的狀況下一一死亡。

明末清初，有見識的創作者試圖用圖像救活《九歌》，蕭雲從，陳洪綬，為諸神造像，讓諸神復活，重新詮釋「東君」（太陽神）、「湘夫人」（愛情之神）、「雲中君」（雲雨速度之神）、「大司命」（死亡之神）、「山鬼」（山林陰鬱之神）。三百年過去，《九歌》諸神，還是輸給了其他民族，蕭雲從、陳洪綬也太古老了，失去了孩子仰望星空的渴望，神話必然是活不過來的吧！

雲門《九歌》用現代觀點重新塑造諸神，玩滑板、直排輪鞋的「雲中君」，如同希臘的赫美斯，如同印度青色吹笛少年克里什那，追求青春、速度，追求解放愉悅的肉體，隨著世界巡迴演出的足跡，已在現代神話世界留下民族肉身的深刻記憶，「山鬼」在月光下的陰鬱、憂愁、自閉的心理空間，也連接著希臘如同ECHO女神退避到山洞深處的幽微回音。

神話世界必然無國界的隔閡，回到人性的原點，回到每一個肉身最基本的渴望，就有了傳承神話故事的可能。

仰望星空，還是想重說一次織女與牛郎的故事，他們的愛悅、眷戀、貪歡，都如此真實，他們的分離、孤獨、渴望，也如此真實。他們的肉身還在星空，隔著一條浩瀚的銀河，期盼一年一次的見面，小時侯，母親說到鵲橋，我總擔心，那樣弱小的一隻一隻喜鵲鳥的身體，如何搭成橋，如何承載兩個渴望見面的肉體？我的擔心讓母親笑起來，她說：那是神話啊！

是的，我們都有過曾經相信神話的快樂童年，我們的民族，也應該有過相信神話的快樂而且心靈豐富的童年吧。

卷三

無夢

無夢

一件簡單的事，做起來不難，可以日復一日，成為每一天例行的公式，每天做，卻不覺得厭倦，繁瑣。每一天做，都有新的領悟，每一天都歡喜去做，會不會就是修行的本質？

清邁

這幾年很喜歡清邁，沒有曼谷那麼熱鬧繁華，過去統治這一地區的蘭納王朝（Lanna），似乎也不是大帝國，篤信南傳佛教，沒有太霸道向外征伐的野心。王朝舊城方整，磚砌城牆外圍繞護城河，雖有幾處坍塌，大致都還完整。城裡許多古寺廟，許多枝葉茂密、覆蓋廣闊的大樹。一條不十分寬闊的屏河（Mae Ping），波瀾不驚，也不洶湧，卻總在身邊，自北而南，悠悠流淌穿過城市。整個城市還保有中世紀農業手工時代的緩慢、專心、安分，有一種讓人慢下來的靜定悠閒。

初去清邁，也會對城市中心的夜市有興趣，看附近少數民族販售各種手工藝品，銀飾的精緻，木雕的渾厚粗樸。棉麻手工紡織，質料染色都有很好的觸感，剪裁成傳統衣褲，形式大方，穿著起來也非常舒適便利。瓦製陶缽、陶碗，有手拉胚的粗樸紋理，拿在手裡厚實沉甸。

手工傳統在數百年間累積的經驗，像一種生態，其實常常是文化潛藏在土裡的深根。土夠厚，根夠深，也才有文化的美學可言。近來台灣常愛說「文創產業」，所謂「創意」，又常常是刨去厚土，斬伐了大樹的深根，替換一時短暫炫目淺根的花花草草，使文化愈來愈不長久。「新」失去了「舊」的滋養，根基不厚，或無根基，根土淺薄，「創新」常常只是作怪，當然也就無美學可言。

清邁在上一世紀八〇年代開始，受到世界觀光的重視。當世界許多城市迅速衝向工業化惡質發展之時，這一古城，卻保留擁有著農業時代人與土地和諧相處的生態倫理，保留著多元民族豐厚的部落傳統手工技術產業，讓世界各地在城市惡質化的工業夢魘中焦慮不堪的遊客，在生活裡迷亂了方向的遊客，來到清邁，可以坐下來，在一座寺廟庭院，或一棵大樹下，找到了使自己清醒的淨土。

多去了幾次清邁，時間住得久一點，在幾年間，發現清邁也迅速變化。夜市的手工藝品，因為適應太多各國湧進的觀光客，愈來愈大量生產，不控制品質，開始粗製濫造，或迎合消費者，創新作怪，失去了原有傳統手工的素樸認真，失去了手工的本質精神，逐漸走向所有手工傳統共同的沒落命運。

這幾年去清邁，常住一個月左右，不是為了觀光，遠離城市中心，住在城市郊外，讀書或誦經。

清邁西側有素帖山（Sutep），一帶丘陵自北而南，蜿蜒起伏，最高處有海拔一千公尺，山巔上有著名的素帖寺，香火很盛，金碧輝煌，遊客也多。寺廟平台可以俯瞰清邁全城，從清邁城市各個角落，一抬頭，也都很容易看到高踞山巔閃著金光的素帖寺。

我住的地方在素帖山腳，鄰近清邁大學，附近是大片森林，也是清邁城水源的保護區，有清澈湖水，匯集山上岩石峽谷間沖下的雨水。冬天乾季，涼爽舒適，即使夏天雨季，除了正午陽光強烈燠熱，一陣暴雨過後，空氣中瀰漫各種植物釋放出的香味，一入傍晚，整座山就從大樹間吹拂來舒爽的涼風。寺院鐘聲過後，各種蟲鳴升起，間雜著一兩聲悠長的夜梟叫聲，萬籟如此寂靜，使人可以安然入眠入夢。

蟬聲

有一個夏天去清邁，住在無夢寺（Wat Umong）旁。Umong 泰文的意思是「甬道」、「隧道」。寺廟建於十三世紀末，數百年間曾經是南亞南傳佛教的中心，十五世紀前後強大過的蘭納王朝時代，曾經在此處召開過國際間的佛學會議。

無夢寺坐落在素帖山麓大片的森林中，從附近經過，常常看不到寺廟建築，連最高的大佛塔也掩蔽在大樹間。

佛寺最大的特色即是「甬道」。「甬道」是民間俗稱，其實用漢字的「洞窟」，就容易理解了。無夢寺因為依山麓建造，大佛塔露出地面，佛塔下即是一層一層的甬道，從外面看，現在仍留有三個幽暗的入口，約一人高，進到甬道內部，看到甬道四通八達，做成一個一個佛龕。古代沒有今日照明設備，「龕」、「窟」上端或兩側都有利用自然採光的孔洞，很像我在敦煌、雲岡石窟看到的「明窗」設計。

無夢寺不在市中心，偏城市西陲，遊客不多。甬道裡幽暗，信眾擦肩而過，各自走到一個龕窟前，在佛像前合十膜拜。或靜默趺坐，或長跪誦經，在佛前供養一朵寺廟庭院開得爛漫掉落一地的番孜花。甬道通風，花的香味甘甜就在幽暗中流動。在微微幽光裡，錯錯落落遠遠近近的靜坐者、膜拜者，在幽微光線裡，遠遠看去，都像一尊塑像。使我想到《金剛經》裡說的「微塵眾」，使我想到《金剛經》裡說的「恆河的沙」。

夏季午後常有暴雨，雨聲浩大，也在甬道間洶湧回響。暴雨多不持久，雨聲歇止，四周樹林間升起一片驚人的蟬聲。彷彿久遠劫來，微塵與世界都如此聲量，高亢激昂，如一季繁花爛漫，卻又沉寂如死。「是身如焰，從渴愛生」，「是身如幻，從顛倒起」，蟬聲使我想到《維摩詰經》的句子，彷彿又聽到沉寂如死的蟬聲裡從樹梢高處一一掉落下來的蟬的屍體。

同去的朋友被蟬聲所動，從地上拾起蟬屍，低頭冥想。後來他找了專業的錄音師，到無夢寺去錄下蟬聲。然而，聽起來，「聲音」早已不在了，「是身如響，屬諸因緣」，我知道那錄音中已經不是我們曾經聽到的蟬聲了，如同放在案上的蟬的屍體，也不再是那一夏季活潑昂揚長嘶鳴叫的生命了——「是身如夢，為虛妄見」。

《金剛經》的開頭

好幾個冬季，在清邁度過，也固定住在無夢寺廟附近的公寓。每天清晨步行十分鐘左右，固定去寺廟誦經，有時也跟隨僧眾乞食的隊伍，一路走進商家林立的街道。

僧侶披絳黃色袈裟，偏袒右肩，赤足，手中持缽，從年長的僧侶，長幼依次排列。

隊伍尾端是十歲左右少年僧侶，還是兒童，常常睡眼惺忪，走得跌跌絆絆，引人發笑。然而修行的路上，或許就是如此吧，有人走得穩定精進，有人走得猶疑徬徨，有人走得快，有人走得慢，然而，或遲或早，都在修行路上，一旁的譏諷嘲笑其實都無意義，反而耽誤了修行。

天光微明，修行的隊伍，如一條安靜的絳黃色河流，靜靜流入城市，一家一家乞食。商家知道僧人每天清晨乞食時間，都已拉開鐵捲門，準備好食物，準備布施。

僧人端正站立，雙手持鉢，布施的人把食物一一放進鉢中，然後右膝著地，恭敬跪在僧人面前，聽僧人念誦一段經文。

這是清邁美麗的清晨，是僧人與商家共同的功課。這也是許多人熟悉的《金剛經》開頭的畫面啊，沒有想到，原始佛陀久遠以前行食的畫面，還日復一日在清邁的清晨可以看到。

我在此時，心中默想經文的句子：

如是我聞，一時，佛在舍衛國祇樹給孤獨園，與大比丘眾千二百五十人俱。

清邁像是舍衛城，祇陀王子大樹庇蔭的花園，給孤獨長老供養的道場，佛陀因此機緣，為一千兩百五十位學生上課，說了一部《金剛經》。

所有義理的開示演說之前，紀錄者描述的只是一個如此安靜美麗的畫面：

爾時，世尊食時，著衣持缽，入舍衛大城。
於其城中，次第乞已。
還至本處，飯食訖，收衣缽。
洗足已，敷座而坐。

當時佛陀也是如此，穿著袈裟，手中拿著一個碗，進入舍衛城。一家一家乞食。從一家一家得到布施，再回到原來的處所。

吃飯，吃完飯，收好衣服，收好碗，洗腳，在樹林下鋪好座位。

這是《金剛經》的開頭，沒有說任何道理，沒有任何教訓、開示，只是簡單樸素、實實在在，按部就班的生活。穿衣，乞食，吃飯，洗碗，洗腳，敷座——像每一個人每一天做好自己的家務瑣事。

無夢寺

一件簡單的事，做起來不難，可以日復一日，成為每一天例行的公式，每天做，卻不覺得厭倦，繁瑣。每一天做，都有新的領悟，每一天都歡喜去做，會不會就是修行的本質？

像將近二千六百年前舍衛大城的乞食隊伍，像今日清邁僧眾依然維持的行乞，像商家依然信仰的清晨的布施，右膝著地，聆聽經文的虔誠，都是不難的事，但是每一天做，每一天歡喜地做，或許就是修行的難度吧。

現代文明是不是恰好缺少了這樣簡單而又可以一再重複的信仰？傳統手工作坊分出經緯，認真織好一匹布帛，傳統農民耕作，播種、插秧、收割，日復一日，年復一年，守著小小一個本分，不斷求精進，沒有妄想，因此可以專注。清邁小食攤上老年的婦人認真把青木瓜切成細絲，認真在一個石缽裡把花生仁搗碎成細粉，都不是難度高的事，但是如此專心，沒有旁騖，可能重複了三十年，因此那動作裡就有使人讚歎的安靜專一。

在清邁的時間，每天清晨到無夢寺散步，也變成例行的功課。

無夢寺在一大片廣闊森林中，有僧侶餵食牛、鹿、兔子、狗、貓、雞各種動物，定時把白菜葉切碎，撒在樹林間。

狗多是被棄養的流浪狗，頸部有統一的紅色頸圈，似乎是廟宇收留後檢疫或識別的標誌。因為大多衰老，或是殘肢癩皮，樹蔭下的狗多靜臥落葉中睡眠，很少動作，陌生人走近也不被驚擾吠叫。雞隻是寺廟裡最活潑的動物，公雞頭冠鮮紅崢嶸，走路時雄糾糾氣昂昂，全身羽毛發亮，像金銀一般閃爍耀眼。母雞多帶著一窩小雞，在枯樹葉或草叢間刨土，引導小雞雛覓食蟲蟻。我一走近，母雞就有防衛，立刻張開雙翅，讓所有小雞躲入翅膀下，不露一點蹤跡。

寺廟通常讓人聯想到清淨莊嚴，無夢寺的叢林卻是雞飛在樹巔，狗老邁疲憊，高高的欖仁樹，葉子紅了，從樹上墜落，鋪得地上厚厚一層。

我在寺廟繞塔誦經，僧人持竹掃帚清掃廊下落葉，或在樹下洗碗，也只是實實在在的生活。

無夢寺還是佛學傳習的處所，有不少世界各地來的各國出家眾和一般信眾在此學習。

寺廟在十五世紀全盛時代也曾有佛像繪畫和雕塑的傳習，「甬道」內部還留有壁畫殘

跡，但大都漫漶模糊不可辨認細節了，有一些二十世紀初拍攝的圖片，壁畫形式還略可見一二，赭紅底色，用細線勾描番蓮花纏枝圖樣，與元明盛行的瓷器或織繡上的圖案類似。

寺廟中保有大量古代廢墟中的佛像雕塑，各種不同姿態趺坐盤坐的佛菩薩像，多斷頭斷手，殘缺破損。如果是在歐美，廢墟裡的古希臘羅馬雕像，多慎重修復，收藏在博物館，成為珍貴的文物，成為藝術珍品。像羅浮宮的維納斯，原來也是米洛島（Milo）發現的殘片，修復之後，還是缺了雙手，置放在羅浮宮中，成為鎮館之寶，舉世聞名，被奉為美的標誌。

無夢寺樹林間布滿同樣缺手缺頭的佛像，有些佛頭高達一公尺餘，然而身軀部分完全不見了。當地僧侶把沒有身體的佛頭，沒有手的佛像，或沒有軀幹的手、足，都收集在樹林間，他們各自有一方位置，樹林間的陽光，從清晨至日落，透過樹隙，不同時間，照亮不同的角落。

有一尊佛頭，彷彿低頭沉思，垂眉斂目，微笑宛然，卻又如此憂愁悲憫，四方信眾，常有人偶然來此徘徊，撿拾落花，供養在微笑佛像的四周。

我每一日清晨，來此靜坐，等候陽光照亮微笑。身軀失去了，手、足都不知流落何方，肉身殘毀如此，然而微笑仍然安靜篤定。這樣的雕刻若是在歐洲，大概會被謹慎修復，珍惜收藏，做為藝術珍品吧。

然而，日日與此微笑相處，看信眾把花放在微笑前供養，看信眾離去時臉上都有一樣的微笑。陽光樹影娑婆，在一世一世的劫難毀壞中，有成，有住，當然也有壞、空，「若以色見我，以音聲求我，是人行邪道，不能見如來——」《金剛經》的偈語清楚明白，成、住、壞、空，都在時間之中，放到博物館的藝術，是妄想物質停止變化，是妄想把生命製作成標本吧，然而在東方，在佛教信仰裡，美，不禁錮在博物館，美，像生命一樣，要在時間中經歷成住壞空。

或許，無夢寺殘毀的微笑，被陽光照亮，被雨水淋濕，青苔滋漫，蟲蟻寄生，落葉覆蓋，隨時間腐蝕風化，祂也在參悟一種「無我相」、「無人相」、「無眾生相」、「無壽者相」的漫長修行吧。

如果有一天此身不再了，希望還能留著這樣的微笑。

若以色見我　以音声求我
是人行邪道　不能見如来

微笑——吳哥之美

美的意義何在？文明的意義何在？人存活的意義何在？……看到廢墟角落默默流淚的受傷的遊客，能夠安靜我的仍然是《金剛經》的句子。

一九九九年開始，陸續去了吳哥窟十四次了。

或許，不只是十四次吧，不只是此生此世肉身的緣分。許多撩亂模糊不可解不可思議的緣分牽連，彷佛可以追溯到更久遠廣大的記憶。

大學讀史學，程光裕先生開東南亞史。程先生不擅教書，一節課坐著念書，不看學生。從頭到尾，照本宣科，把自己寫的一本東南亞史念完。

課很無趣，但是書裡的那些地名人名感覺很陌生又很熟悉，扶南、占婆、暹邏、真臘、闍耶跋摩，甘孛智——

甘孛智是明代翻譯的Camboja，萬曆年以後就譯為今日通用的柬埔寨。

帝國意識愈強，對異族異文化愈容易流露出輕蔑貶損。日久用慣了，可能也不感覺到「寨」這個漢字有「部落」「草寇」的歧視含義。

唐代還沒有柬埔寨這個名稱，是從種族的Khmer翻譯成「吉蔑」，「蔑」這個漢譯也不是尊敬的漢字。現在通用的「高棉」同樣是從Khmer翻譯而來，比較無褒貶了。

我讀東南亞史，常常想到青年時喜歡去的台灣原住民部落，台東南王一帶的卑南，蘭嶼的達悟族，屏東山區的布農或排灣。他們是部落，沒有發展成帝國，或者連「國」的概念也沒有。一個簡單的族群，傳統的生產方式，單純的人際倫理，沒有向外擴張的野心，沒有太嚴重殘酷的戰爭。人與自然和諧相處，在美麗的自然裡，看山看海，很容易滿足。生活的溫飽不難，不用花太多時間為生活煩惱，可以多出很多時間唱歌跳舞。一年裡許多敬神敬天的祭典，祭典中人人都唱歌跳舞，部落裡眼睛亮亮的孩子都能唱好聽的歌，圍成圓圈在部落廣場跳舞。婦人用簡單的工具紡織，抽出苧麻纖維，用植物汁液的紅、黃、綠，漂染成鮮豔的色彩，編結出美麗圖紋的織品。男子在木板石版上雕刻，都比受專業美術訓練的藝術家的作品更讓人感動。

「專業」是什麼？「專業」使人迷失了嗎？迷失在自我張揚的虛誇裡，迷失在矯情的論述中，「專業」變成了種種藉口，使藝術家回不到「人」的原點。

卑南一個小小部落走出來多少優秀的歌手，他們大多沒有受所謂「專業」的訓練。除了那些知名的優秀歌手，如果到了南王，才發現，一個村口的老婦人，一個樹下玩耍的孩子，一個鄉公所的辦事員，開口都有如此美麗的歌聲。

生活美好豐富，不會缺乏歌聲吧？

生活焦慮貧乏，歌聲就逐漸消失。發聲的器官用來咒罵，聲嘶力竭，喉嚨更趨於粗糙僵硬，不能唱歌了。

我讀東南亞史的時候，沒有想到台灣——做為西太平洋中的一個島嶼，與東南亞有任何關係。

在誇張大中國的威權時代長大，很難反省一個單純部落在帝國邊緣受到的歧視與傷害吧。

那時候沒有「原住民」的稱呼，班上來自部落的同學叫「山地人」或「番仔」。「南蠻」、「北狄」、「東夷」、「西戎」，一向自居天下之中的華族，很難認真尊重認識自己周邊認真生活的「番人」吧。「番」有如此美麗的歌聲、舞蹈、繪畫和雕刻，「番」是創造了多麼優秀文化的族群啊。

周達觀《真臘風土記》

那一學期東南亞史的課，知道了元朝周達觀在十三世紀一部記錄柬埔寨的重要著作——《真臘風土記》。

真臘就是吳哥王朝所在地Siam Reap的譯名，現在去吳哥窟旅行，到達的城市就是「顯粒」。時代不同，音譯也不同，「真臘」還留著Siam Reap的古音。

元代成宗鐵穆耳可汗，在元貞元年（一二九五）派遣了周達觀帶領使節團出訪今天的柬埔寨。周達觀在成宗大德元年（一二九七）回到中國。路途上耗去大約一年，加起來，前後一共三年，對當時的真臘做了現場最真實的觀察紀錄，從生活到飲食、建築、風俗、服飾、婚嫁、宗教、政治、生產、氣候、舟車——無一不細細描述，像一部最真實的紀錄片。八千五百字，分成四十則分類，為十三世紀的柬埔寨歷史留下全面詳盡的百科全書。

我讀這本書時還不知道，周達觀七百年前去過、看過的地方，此後我也將要一去再去、一看再看。

真臘王朝強盛數百年，周達觀寫了《真臘風土記》之後，一百多年，到了一四三一年，王朝被新崛起的暹邏族滅亡。真臘南遷到金邊建都，故都吳哥因此荒廢，在歷史中湮滅，宏偉建築被叢林覆蓋，高牆傾頹，瓦礫遍地，荒煙蔓草，逐漸被世人遺忘。

數百年後，沒有人知道曾經有過真臘輝煌的吳哥王朝。但是，歷史上留著一本書──《真臘風土記》。這本書收在四庫全書中，被認為是詳實的地方誌，但是只關心考試做官的民族對廣闊的世界已經沒有實證的好奇了。

這本被漢文化遺忘的書，卻被正在崛起、在世界各個角落航海、發現新世界的歐洲人看到了。法國雷慕沙在一八一九年翻譯了法文本《真臘風土記》，法國人大為吃驚，他們相信，周達觀如此詳實記錄的地方，不可能是虛構。他們相信，世界上一定有一個地方叫真臘，一八六〇年法國生物學家穆奧就依憑這本書在叢林間發現沉埋了四百多年的吳哥王朝。

一九〇二年去過敦煌的漢學家伯希和重新以現場實地考證校注法文版《真臘風土記》。一九三六年二次世界大戰前，日文版《真臘風土記》出版，日本已經開始覬覦東南亞，準備帝國的軍事擴張。

一九六七年英文版《真臘風土記》問世，一九七一年柬埔寨剛剛脫離法國殖民地不久，沒有自己國家的歷史文獻，李添丁先生就將周達觀的詳實歷史從中文又翻譯成柬埔寨語文。

「國可亡，史不可亡——」四庫全書認為元史沒有真臘傳，周達觀的《風土記》可以補元史之缺。現在看來，十三世紀吳哥的歷史文明，柬埔寨自己也沒有留下文獻，只有周達觀做了最詳實的現場紀錄。

高棉內戰結束，世界各地遊客湧入吳哥窟，二〇〇一年就有了新的英譯本，二〇〇六年又有了新的德譯本。全世界遊客到吳哥，人人手中都有一本周達觀的書。一位十三世紀的探險家，一位偉大的旅行者，一位報導文學的開創者，他的書被自己的民族忽視，卻受到全世界的重視。

吳哥王朝

法國殖民柬埔寨九十年，陸續搬走了吳哥窟精美的文物。一九七二年我去了巴黎，在居美東方美術館看到動人的吳哥石雕。有巨大完整的石橋護欄神像雕刻，有斑蒂絲蕾玫瑰石精細的門楣裝飾，最難得的是幾件闍耶跋摩七世和皇后極安靜的閉目沉思

石雕。

居美在離艾菲爾鐵塔不遠處，附近有電影圖書館，有現代美術館，是我最常去的地方。每走到附近，那一尊閉目冥想的面容就彷彿在呼喚我。我一次一次繞進去，坐在祂對面，試著閉目靜坐，試著像祂一樣安詳靜定，沒有非分之想。

「須陀洹名為入流，而無所入，不入色、聲、香、味、觸、法，是名須陀洹——」這樣垂眉斂目，是祂可以超離眼耳鼻舌身意的感官激動了嗎？我靜坐著，好像祂在教我學習念誦《金剛經》。

有一次靜坐，不知道時間多久，張開眼睛，一個法國婦人坐在旁邊地上，看我，點頭微笑，好像從一個夢裡醒來，她說：「我先生以前在柬埔寨——」

她在這尊像前跟我說：「法國怎麼能殖民有這樣文明的地方——」

一九七〇年代，法國在東南亞的殖民地陸續獨立。柬埔寨、越南，殖民的統治者一走，那些初獨立的國家就都陷入殘酷內戰。美國支持龍諾將軍，施亞奴國王逃亡北京求庇護，波布政權開始殘酷屠殺，數百萬人被以各種方式虐殺。如今金邊還留著博物館，留著人對待人最慘酷的行為，比動物更粗暴，不忍卒睹。

許多歐洲的知識分子、工程師遭屠殺，他們正在對抗法國殖民者，幫助當地人民認識自己的文化，他們組織青年，帶領他們修復古蹟，把一塊一塊石磚拆卸下來，重新編號，準備復建吳哥盛時的國廟巴揚寺（Bapuon）。

「我的先生學中世紀藝術，六〇年代派去吳哥窟協助修復巴揚寺——」

我不忍問下去了，在巴黎有太多同學來自越南、寮國、柬埔寨獨立前後的戰亂地區，他們談到母親因為歌唱被拔舌而死，或者畫家父親受酷刑一一截斷關節的故事，重複多次，甚至沒有激動，彷彿敘述他人的生老病死。

「不入色聲香味觸法——」我心中還是劇痛。

法國婦人眼中有淚，我不敢看，我看著改信大乘佛教的闍耶跋摩七世頭像，仍然閉目冥想，眉宇間憂愁悲憫，嘴角微笑，祂當然讀過《金剛經》——「滅度一切眾生已，而無有一眾生實滅度者——」每日念誦，而我仍然不徹底懂得的句子，在這尊像的靜定中，我似懂非懂——不可以有滅度之心嗎？在最殘酷的屠殺前也沒有驚叫痛苦嗎？

這尊石雕陪伴我四年，憂傷迷失的時刻，我都到祂面前，我不知道：我與祂的緣分，或許已有前世因果，或許也還只是開始而已。

教跳舞的人

讀了周達觀的《真臘風土記》，在巴黎看了很多吳哥的雕刻，我以為緣分也僅止於此。因為長期內戰，種種屠殺駭人聽聞，也從來沒有想過有機會實際到吳哥去走一趟。

我們對緣分的認識也還是淺薄，那尊雕像閉目冥想沉思，是不是因為不看肉眼所見，不執著肉眼所見，反而有天眼、慧眼的開闊，也才有法眼、佛眼的靜定寬容。

一九九九年三月，柬埔寨內戰稍稍平靜，國際非政府的救援組織開始關注這一飽受砲火蹂躪摧殘的地區。有一天，林懷民接到一封信，荷蘭外交部所屬的「跨文化社會心理組織」一名負責人在歐洲看過雲門的《流浪者之歌》。他相信一個述說佛陀故事的東方編舞者，或許可以在戰後的柬埔寨參與兒童心理復健的工作。

這個機構和聯合國世界衛生組織合作，幫助柬埔寨的戰後兒童心理治療復健。內戰結束，許多戰爭孤兒，在戰亂中飽受驚嚇，他們像不斷被施暴虐待的動物，縮在牆腳，恐懼別人靠近，恐懼觸摸，恐懼依靠，恐懼擁抱。

懷民接受了這個邀請，在金邊一個叫雀普曼的中下層居民混居的社區住了三星期。帶青年義工整理傳統舞蹈。傳統舞蹈從小要練習肢體柔軟，印度教系統的肢體，數千年來彷彿在闡述水的漣漪盪漾，彷彿一直用纖細柔軟的手指訴說著一朵朵花，慢慢從含苞到綻放。吳哥窟的牆壁上，每一個女神都在翩翩起舞。上身赤裸，腰肢纖細，祂們的手指就像一片一片花瓣展放。整個印度到東南亞洲，舞者都能讓手指向外彎曲，彷彿沒有骨節，曼妙嫵媚。女神常常捏著食指、大拇指，做成花的蓓蕾形狀，放在下腹肚臍處，表示生命的起源。其他三根手指一一展開，向外彎曲，就是花瓣向外翻捲，花開放到極盛。然而，手指也一一向下彎垂，是花的凋謝枯萎。東方肢體裡的手指婀娜之美，也是生命告白，生老病死，成住壞空，每一根手指的柔軟，都訴說著生命的領悟，傳遞著生命的信仰。

一些青年義工學習壓腿，撇手指，手肘外彎，讓肢體關節柔軟。柔軟是智慧，能柔軟就有包容，能柔軟就有慈悲。這些青年學習結束，分散到內戰後各處村落，帶領孩子跳舞，帶領飽受驚嚇的戰後兒童放鬆自己的身體，可以相信柔軟的力量，可以從恐懼裡升起如蓮花初放一樣的微笑，可以手舞足蹈。

我坐在地上看他們舞蹈，看他們微笑，那是闍耶跋摩七世曾經有過的靜定的笑容，在吳哥城門的每一個角落，在巴揚寺每一座高高的尖塔上，在每一個清晨，被一道一道初起的曙光照亮，一百多個微笑的面容，一個一個亮起來，使每一個清晨都如此美麗安靜。

那些微笑是看過屠殺的，十五世紀的大屠殺，二十世紀的大屠殺，祂都看過，祂還是微笑著，使人覺得那微笑裡都是淚水。

懷民跟孩子一起上課，不是教跳舞，是在一個木柱架高的簡陋木頭房子裡教兒童靜坐，教他們呼吸。把氣息放慢，緊張恐懼的孩子，慢慢安靜下來了，感覺到自己的身體，感覺到清晨的陽光在皮膚上的溫度，感覺到樹上的鳥的鳴叫，感覺到旁邊同伴徐徐的呼吸，感覺到空氣裡花的香味，感覺到漸漸熱起來的手指、關節、肺腑，漸漸熱起來的眼眶。

我也學他們靜坐，看到他們臉上被陽光照亮的微笑，是一尊一尊闍耶跋摩七世的微笑，那個在一生中不斷設立學校、醫院的國王，留下來的不是帝國，而是祂如此美麗的微笑。

金邊的計畫結束，去了吳哥，那是第一次到吳哥窟。許多地雷還沒有清除完畢，遊客被限制走在紅線牽引的安全範圍，每到一個寺廟神殿廢墟，蜂擁而來上百名難民，他們都是鄉下農民，誤觸地雷，斷手缺足，臉上大片燒灼傷疤，沒有眼瞳的空洞眼眶看著遊客，張口乞討——

嚮往偉大藝術的遊客在文明的廢墟裡被現實如地獄的慘狀驚嚇——

美的意義何在？文明的意義何在？人存活的意義何在？

「斯陀含名一往來，而實無往來，是名斯陀含——」

看到廢墟角落默默流淚的受傷的遊客，能夠安靜我的仍然是《金剛經》的句子。

我一次一次去到廢墟現場，獨自一人，或帶著朋友，學習可以對前來乞討的殘障者合十敬拜，學習跟一個受傷或被觸怒的遊客微笑，學習帶領朋友清晨守候在巴揚寺，每個人一個角落，不言不語，靜待樹林高處初日陽光一線一線照亮高塔上一面一面微笑，我看到每一個朋友臉上的微笑，我也知道自己也一定有了這樣的微笑。

斯陀含名一往來而
實無往來是名斯陀含

流浪者之歌

文學不是一味自我炫耀、自我表現，文學，不是聒噪的囂張。文學，或許有一種力量，使青年可以向內對自己做更深的生命質問。

赫曼赫塞

赫曼赫塞（Hermann Hesse）在一次世界大戰結束前寫作了《徬徨少年時》（*Demian*）這部小說，用青年心靈對話形式反省人類的困境，試圖為廢墟裡的文明找尋出路。這部小說到戰爭結束一九一九年才出版，也在歐洲適當地成為許多戰爭倖存青年的精神依靠吧。

一九二二年赫塞以同樣心靈對話形式，借助東方佛陀修行的故事原型，創作了《悉達多》（*Siddhartha*）。

兩次世界大戰，歐洲知識分子，在屠殺毀滅中思考生命存活的意義，思考文明的價值，這些省思在赫塞去世的一九六二年前後才逐漸在以美國為主的英語世界被廣大閱讀。二十世紀六〇年代以後，美國青年的嬉皮運動，從體制出走，反現代文明，流浪於印度、尼泊爾，學習冥想苦修、放棄物質，或衣衫襤褸，或沉迷於大麻迷幻藥物，許多樂手歌者，學習古印度西塔琴，受赫塞的文學書寫啟發，創作搖滾音樂，實踐廣義的東方心靈禪修，赫塞或許沒有想到，在自己去世之後，他的文學才開始影響一整個世代的青年精神。

一九七〇年代前後，赫塞的小說，主要通過英語，陸續翻譯成華文，《徬徨少年時》、《鄉愁》、《荒野之狼》，都成為那一年代台灣青年愛讀的文學作品。赫曼赫塞文學裡特有的內省、冥想、傾向少年心靈獨白的敘事方式，彷彿孤獨的流浪者自己與自己的對話，在台灣體制威權的年代，也使許多善感而夢想的青年從嚴密的思想禁錮出走，從喧囂的教條出走，走向自我心靈孤獨的修行道路。

文學不是一味自我炫耀、自我表現，文學，不是聒噪的囂張。文學，或許有一種力量，使青年可以向內對自己做更深的生命質問——我活著為了什麼？我可以不再只是現在的我嗎？我可以告別親愛的人，告別俗世，獨自一個人出走嗎？

赫曼赫塞的文學使一整個世代的台灣青年，記得一種獨白的安靜文體，文學首先是傾聽自己內在安靜的聲音，學習獨自一個人與自己對話的力量。

許多青年喜歡在背包裡帶著赫曼赫塞的書，一個人出走，獨自走向流浪途中。

流浪者之歌

一九七二年後，赫曼赫塞最具代表性的作品《悉達多》也翻譯成了中文，在台灣出版，很快成為當時許多文藝青年傳閱討論的一本書，其中有一種華文譯本（蘇念秋），用的書名，就是《流浪者之歌》。

也有人直接音譯這本小說為《悉達求道記》（徐進夫）。

悉達多是佛陀成佛以前俗世的名字——「悉達多・喬達摩」（Siddhartha Gautama），還在俗世，還沒有悟道，沒有成佛，悉達多，當時是迦毗羅衛國（Kapilvastu）太子，因此也有人稱為悉達多太子。

東方傳統美術裡常有悉達多一足盤膝靜坐、在樹下沉思的造像，稱為「思維菩薩」。尚未悟道成佛，於人間世還有諸多眷戀不捨，於有情世界還有迷惑、思索、猶疑、徬徨。這尊像，靜坐樹下冥想，青春的悉達多，如此年少，喜悅又略帶憂愁，不同於悟道後圓滿無遺憾的佛陀寶相，這初入冥想的少年悉達多，對於大多悟道還不徹底的眾生，似乎特別覺得有與自己相近的親切吧。

赫曼赫塞採用了悉達多思索人生、流浪於紅塵世途的少年原型，寫作了小說。「悉達求道」的書名容易讓讀者以為是一部佛傳，當然做為小說創作，赫塞可以重新賦予「悉達多」不同於佛傳故事的意義。譯為《流浪者之歌》似乎更想切近赫曼赫塞書中悉達多少年心靈尋索徬徨於途中的本意吧。

佛傳的真實故事細節，在長久信仰佛教的國度，因為崇敬禮拜，反而不為人知了。佛陀常常被神化為天生的悟道者，失去了，或忽略了悉達多在俗世艱難修行的過程。

赫曼赫塞家族有印度的文化薰陶，赫塞的外祖父在印度傳教，深通印度語言，赫塞的母親在印度出生，在印度與赫塞父親結婚，雖然是歐洲知識分子，家族的印度基因，卻似乎在他身上呼喚著不可知的東方的前世血源。他的家中有許多父祖輩從印度帶回歐洲的佛像，面對這些造像，身在歐洲，戰爭塵囂喧騰，在德語寫作的文化氛圍，赫塞與佛陀，似乎保持著若即若離的關係，他可以以佛觀佛，他也可以以人觀佛。

「佛」，像是「人」的解構。「佛」，像是「人」的否定。「佛」，像是從「人」修行昇華到了放棄做為「人」的執著。

「佛」是沒有故事了，「佛」的故事都在祂做為「人」的流浪中。

赫曼赫塞把佛還原成為人，重新述說悉達多做為一名流浪者的故事。

悉達多與喬達摩

顯然赫塞並不在意原來佛陀傳記的考證，在小說裡，佛陀的名字與姓氏——悉達多・喬達摩，被分開成為書中兩個不同的角色，他們像好友知己，也像相互競爭，他們，彼此對話，像我們每個人內在都可能有的兩個自己的聲音。

沒有受限於東方信眾對佛陀習慣性的敬畏，因此才能夠將「悉達多」從長年「佛」已經固定的寶相莊嚴中解脫出來吧。赫塞帶領讀者從少年的悉達多看起，不是一味投身拜伏於偉大的佛陀腳下，不是祈求外在神的救贖，而是讓少年生命在漫漫長途的流浪之中學習傾聽自己內在的心靈聲音，與最深最真實的自己對話。

赫塞一一述說少年生命於塵世間經歷的種種因緣，有一天，他或許能有機緣坐在佛陀身邊，聽佛說法，這個少年，可能歡喜讚歎，也可能起身離去。貪戀財物是貪，然而貪戀「救贖」，貪戀「覺悟」，會不會也是貪念？《金剛經》裡，佛陀曾經問須菩提：「我於燃燈佛處，有法得阿耨多羅三藐三菩提否。」須菩提回答說：「實無有法佛得阿耨多羅三藐三菩提。」

講得很徹底，連生命的覺悟也不可貪，貪便有了執著。

赫曼赫塞或許對佛法有自己的體悟，他的「悉達多」恰好是在與「喬達摩」見面時轉身離去了——我一直記得青年時讀到這一段時的震動。修行途中，自己與自己相遇了，一個完成修行的自己，一個仍然苦苦思索真理而不可得的自己。

赫曼赫塞把原來屬於同一個人的「悉達多・喬達摩」分成了兩個人物。悉達多是少年在流浪途中的修行，經由苦修到重入世間，他在修行途中聽到世尊「喬達摩」的名字（通常漢譯為「瞿曇」），是已經悟道的佛陀，眾人都爭先恐後要親近「喬達摩」，藉由佛陀的功德圓滿增加自己的福慧吧。然而「悉達多」站在「喬達摩」面前，問了幾句話，感覺到喬達摩悟道後的安詳圓滿，只不過，悉達多還是決定獨自離去，不追隨「喬達摩」成為弟子或信眾。赫曼赫塞創造了自己與自己的對話，也創造了自己與自己的告別。

赫塞想要說的，會不會是：沒有，也不會有神的救贖。修行必然是學會傾聽自己內在最真實的聲音吧！

悉達多決定走自己修行的道路，或許他堅持「修行」並不是一個結果，他親眼看到了佛陀修行的圓滿結果，但那結果不是他自己的，他仍然要一步一步完成自己修行的過程。

塵世的修行當然不是一塵不染，讀者因此看到滿面塵垢的悉達多，苦修不成的悉達多，放縱於賭場、情慾的悉達多，與「喬達摩」爭辯生命真理的悉達多，於苦惱中期盼「佛」的開示救度的悉達多，背離「佛」的悟道毅然出走的悉達多。他背棄了佛陀，來到人間，與妓女廝守纏綿，他甚至從妓女種種性的慾樂裡學習肉身一定要通過的功課，他說：妓女是他重要的老師。他又沉湎於賭場，通過輸與贏，懂了焦慮貪婪。他成為大商人的管理者，學習聚斂財貨。

悉達多，在人世的艱難修行，容貌改變，甚至認不出最初的自己。他來到河邊，他俯身向河，好像要在水中見證自己的容貌，好像要清洗滿面塵垢，或者，是要投身自溺水中，終結一切苦惱。

此時赫塞筆下的悉達多，聽見少年時學習的「唵」的梵音，從整條大河響起，從自己的心靈深處升起，源源不絕，河上舟子搖船而來，是曾經渡他過河的船，再度來迎他上船。最後悉達多留在河上，他向擺渡的人學習渡人過河——伏身向一條大河的悉達多，學習長年河上搖船渡人的舟子，學習聆聽一條河流的寬闊包容，學習一條大河在歲月裡靜定卻永不止息的浩大聲音。

一條大河，像一部佛經。

雲門與魯斯塔維歌詠

上個世紀的六〇、七〇年代是歐美青年心靈自省的年代，是許多反體制的青年從自我出走流浪的年代，赫曼赫塞的「悉達多」成為一時經典，類似《流浪者之歌》的心靈旅程，被許多影響大眾的流行歌手或樂團（像YES）寫進青年搖滾的歌聲。

雲門的《流浪者之歌》也是當時世界青年心靈省思運動的一環吧，一九九〇年代林懷民編作這齣舞劇，回應著赫曼赫塞的「悉達多」，也回應著更早東方一位從皇宮奢華靡麗出走的流浪者的步伐足跡吧。

舞蹈中有肉身的鞭撻苦修，有慾望不克自制的痛苦，有生命爆裂的放縱，有酣暢淋漓的狂歡宣洩，有顫慄、悸動、焦慮的掙扎，有茫然槁木死灰般的自我放棄，有肉慾的糾纏享樂。然而舞蹈中也有極內省的聲音，有靜定的「佛」的身體，在九十分鐘的舞台上一動不動，使「不動」成為舞蹈肢體動作高難度的極限。

「動」如果是身體向外在空間的征服，「不動」會不會是向身體心靈內在最深的自省，是難度更高的征服吧?!

站在舞台邊緣的「佛」是在靜定裡回憶自己的一生嗎？站在舞台邊緣的「佛」，是在回憶幾世幾劫以來自己的肉身流浪嗎？是「喬達摩」回頭去看自己「悉達多」一路流浪而來的種種因緣嗎？

舞台上一條不斷變換形式的大河，如此潺湲緩慢流過，河上盛載著愛恨生死，河上流動交替著日光月光，晴天，雨天，擺渡的人在佛陀寂滅之後，仍然擺渡，在舞台上畫著一圈又一圈，像虛空無盡的永世輪迴。

東方虛空可思量不？不也，世尊！須菩提！南西北方四維上下虛空，可思量不？

雲門的《流浪者之歌》在舞蹈結束之後，在舞者謝幕之後，在觀眾鼓掌之後，仍然響

東方虛空可思量不
不也世尊須菩提
南西北方四維上下
虛空可思量不

起喬治亞大地上悠長如浩歎的歌聲，擺渡的人，用長長的犁耙或槳櫓在空間裡畫著一圈又一圈的圓。

如果虛空無盡，終場通常也只是我們自己離去，時間並沒有結束。

雲門的《流浪者之歌》受赫塞文學啟發，這齣舞作在歐洲、美洲，許多非東方宗教的地區演出，感動了無數西方觀眾。

二〇一三年一月十一日，這齣舞劇回到亞洲、回到東方，在與印度教、佛教信仰有甚深傳統淵源的馬來西亞地區演出。東方與西方，來自高加索山區的魯斯塔維（Rustavi）深沉的歌詠，像一篇一篇的心靈獨白，與來自熱帶島嶼的舞者的身體，好像都在尋索「流浪」的意義。

二十一世紀了，大國崛起爭霸，上個世紀，曾經在瑞士躲避戰爭寫作的赫塞，他的悉達多，影響著爭霸之外的小小島嶼，喬治亞的歌詠也是大國蘇聯解體後小小山區裡的心靈詠歎，不與大國爭霸，不應和囂張霸道的言語，在小小的角落，堅持內心獨白的安靜，堅持傾聽心靈真實的聲音，堅持愛與和平的力量，會不會是《流浪者之歌》從熱鬧喧騰出走的真正意義？

馬來西亞之後，喬治亞魯斯塔維的歌詠要在二〇一三年的二月與他們因果甚深的東方熱帶島嶼的舞者在台北再次相逢，「流浪者」回家了，流浪，會不會本來就是一條回家的路？

池上之優

人在長卷裡，走走停停，像人在歲月裡，也有輕重緩急，走來走去，終究要知道自己不會是主角，以為自己是主角，不會看得懂宋元最好的山水長卷裡的雲淡風輕。

春耕

春耕以後，一片一片稻禾秧苗的新綠，被海岸山脈稜線上升起的旭日微亮的光照到了。唐詩裡喜歡用「新」這個字，客舍青青柳色新，「新」不只是色彩，「新」是一種歲月裡安靜的光。安靜，卻讓人心驚，讓人眼睛一亮。

池上春耕後的田，秧苗初初抽長拔尖，一片耀眼的新綠翠亮，像蠶絲織錦，細看時，一絲一絲都是纖細的光。

秧苗插得有間距，稀稀疏疏。田土裡積水，水田平整清淺，像一面明亮的鏡子。新綠的秧苗，間雜著水光，映照著湛藍的天空，映照著縱谷兩邊沉暗的山巒，映照著山腳下慵懶閒散的白雲。

池上的雲——特別是清晨破曉時分的雲，常常橫躺在大山腳邊，懶散地拖著、迤邐著。一帶長長的、百無聊賴的雲。不想漂浮，不想高高升起，沒有野心奔騰翻捲。像賴在主人腳邊，一個下午都不動的慵懶的貓，主人不動，牠也不動。大山如此篤定、安靜、沉著，雲也如此悠閒、恬淡、滿足。無所事事，沒有心機，沒有瑣碎、煩惱、嘮叨。

山的稜線是水平的，雲的流動是水平的，田陌的線也是水平的。許多重重疊疊、高高低低的水平線，使來到池上的人們，因為這些水平的線條靜了下來。平，所以能靜。

都市的人到這裡，漫步、騎自行車、腳步速度都緩慢下來，他們或許不知道是因為這些一條一條水平的視覺上的線，把空間推遠了。

水平使空間延展，水平也使時間有了延續，彷彿天地長久，沒有要著急的事。水平的視覺，使浮躁喧騰的煩惱沉澱了下來。一條一條的水平線，使高聳陡峻的垂直的緊張有了緩和。長年居住在高樓夾緊的狹窄空間裡的狹窄的心，也有了開闊平坦的可能。

違反地心引力的垂直線條，隱藏著挑戰空間難度的張力。都會大樓，垂直線不斷向上升起，成就野心，成就慾望，但是，也使人疲倦焦慮。不斷追逐垂直上升的線，時間久了，整個人難免繃緊，繃緊到極限，會垮下來，重新學習鬆垮在大地上的自在平和。

池上的山，池上的水，池上的雲，池上的稻田，使島嶼都會大樓過多擁擠的直線條，有了橫置過來的可能。

可以橫躺下來看一座山，可以橫躺下來看天空。沒有被直線切割的天空，可以橫躺下來，看山腳下一樣橫躺著的雲。你躺著，雲也躺著。水圳裡的水潺潺湲湲，好像反覆問過路的行人，走那麼快，要去哪裡？

坐下來也好，躺下來也好。你從台北來，你從香港來，你從上海來，你從紐約來，你從世界垂直線太多的地方來。坐下來，躺下來，聽一聽水圳渠道的流水聲，沿著田間水圳漫無目地閒散走路漫步。耳邊琤琤淙淙都是水聲，水圳寬、窄、深、淺、曲、直，引導著速度不同的水流，走在水圳旁，一路就可以聽到大大、小小，快快、慢慢，悠悠、蕩蕩，有緩有急的流水聲。

池上的風景，可以像宋元人最好的長卷。起點終點都只是假設，拉開來是一直線，捲起來，周而復始，終點也可以是起點。

人在長卷裡，走走停停，像人在歲月裡，也有輕重緩急，走來走去，終究要知道自己不會是主角，以為自己是主角，不會看得懂宋元最好的山水長卷裡的雲淡風輕。

長卷裡的主角，一定是山，是水，是雲，是連綿到天邊的稻田的綠，是稻田田壟間綿延不斷的水圳溝渠，是水圳溝渠裡綿延不斷的水聲。

人是來看山的，人是來看水的，看雲也可以，看稻田的新綠到金黃，知道歲月緩緩推移，人走在歲月裡，著急趕路，悠閒徐行，歲月也還是一樣。

就像看長卷，一面看，一面捲，看得快，看得慢，長卷也還是長卷。長卷看倦了，捲起來，揣在袖子裡，就是一軸。

山水看得完，或者看不完，人也都要走。沒有人因為山水沒有看完，可以賴著不走。賴著不走，是忘了自己不會是主角。主角還是山，是水，是來去都沒有蹤跡的雲。我們不在了，山、水都在，雲也還在。真愛山水，就不會著急。

夏耘

春耕走過的池上，再來的時候已經是夏耘的季節。耘，是除草，去除稻田裡的雜草。雜草多了，稻子成長的養分就被雜草吸收。稻禾是好，雜草不好。活在人世，總有選擇，有判斷，孰是？孰非？

佛法有時不住世間，出世間的開示就多提醒沒有是非的平等。

好像《法華經》裡用過田地的譬喻，天上的雨水，落在田裡，滋生稻穀，也滋生雜草。稻禾、雜草，都是生命，卵生、胎生，有想、無想，對於天上灑下的雨水，並無不同。佛經的譬喻或許不方便跟農民說，特別是頭上頂著大太陽在田裡揮汗除雜草的時候。我因此看了幾處準備秋收時上課要用的場地，就匆匆走了。

優人

再回池上，真的是秋收季節了。望眼看去，一片一片的金黃。稻禾結穗，飽滿的重量使稻穗都彎垂著頭。青綠的稻禾葉尖還挺立著，一片綠色下掩映著稻穗的金黃，風一吹起，青綠和金黃就俯仰搖擺，錯落成色彩千變萬化的光影。

十一月二日到池上，過了霜降，等候立冬了。少部分的田已經收割，大部分還等待收割，整個池上全是一片金色。接近黃昏，從中央山脈斜射下來的落日，在廣大的田裡泛起一片赤金色的光。

空氣裡都是飽滿稻穗的氣味，隨著風，到處飄蕩。一種穀粒種子甜熟的香氣，沉甸甸的，很厚實，與輕盈飄蕩的花的香氣不同，是穀粒種子才有的飽滿富足的香。花的香氣是騷動的，等待著蜂蝶來給雌蕊雄蕊授粉交配的誘惑的氣味。穀粒成熟，種子的氣味飽滿踏實，是生命完成的氣味。像桌上一碗白飯，比得過所有山珍海味的昂貴的香。秋收池上的氣味，像一碗白米飯，安靜踏實而且滿足。

早收的田地上搭了一個舞台，十一月三日優人神鼓要在這一片收割前的田地間演出。

我看過陝西的腰鼓，春耕前，成排成行的農民，赤紅腰帶，繫著紅色皮鼓，在黃土飛塵的高原上，一路用手拍鼓，一路吆喝踏步。大地乾旱荒瘠，耕種了數千年的土地，疲憊的土地，衰老沉睡的土地，要被鼓聲驚醒，被男子憤蠻狂烈的踏步聲驚醒。鼓聲，像是悲愴的喊吼：醒來吧，土地！要春耕了，土地醒不來，沒有雨水，要這樣一路用嗆辣激昂的鼓聲和暴烈的舞踏叫醒大地。

池上的優人是安靜的，在中央山脈和海岸山脈之間富裕的縱谷平原，卑南溪水勢豐沛，土地的富饒，節氣的溫和，都讓秋收時有一種滿足安分的靜定。一片一片的金黃稻穗，齊整的田陌，各地來的觀眾，看優人神鼓，也看池上的秋收。聽鑼鼓在山巒田陌間響起，也看午後縱谷間的雲從慵散開始飛揚。鑼聲傳到遠方，雲從低垂的山腳開始一片一片升起，像是雲的瀑布，優人鼓聲震動，雲翻捲過海岸山脈的稜線，從山的峰頂向

下傾瀉，鑼鼓像是來叱吒風雲的。

與北方獷烈的農民的吶喊與鼓聲不同，優人的儀式優雅嫻靜莊重，徐徐然，鑼在空氣間靜靜振動，一波一波，在山間回響。鼓聲沉著，尾音嫋嫋，也波盪到縱谷平原的各個角落。鑼聲與鼓聲都不急促，聲音間隙大，給聆聽者音樂的空白餘裕，來池上的人不會覺得是被逼迫著一定要聽，有的人像是忘了在聽鼓聲，只是專注著靜觀山脈稜線上雲瀑飛揚。

傳統的鑼鼓，無論春耕秋收，都用來謝天地。鑼鼓喧騰，是回報天地之恩，池上優人的秋收儀式，因此像是表演，也不完全是表演。儀式性的美學如果只剩下了表演，也一定走樣，矯揉造作，失了儀式的莊重。祭孔的八佾舞，觀光飯店唐裝表演的茶席因此都讓人害怕。

台灣好基金會的池上活動已經第四年了，春耕到秋收，愈來愈多的外地人，因為春耕或秋收聚集在池上，領略一個小小村落的樸素寧靜，領略一個小小農村存在的價值，這個小小的農村，八千人口，以他們的稻米為榮，走在田陌間，會看到一畦一畦的田地邊懸掛著農田主人的名字，上面標記著耕作面積，巡田的時間，耕作的心得，也標記著驗證履歷與全球認證（global G.A.P）的卡號，他們的樸素寧靜與世界最先進的農業觀念技術同步，才使一個小小的村落有充足安分的自信吧。

優人的鑼鼓因此像祝福的誦念，像肅穆的禮敬，像虔誠的感恩，女性優人徐緩的揖讓進退，一種動作的節制，內斂，使人知道東方稻米文明如此謙遜平和，絕不輕易張揚自大。

男性的優人有狂放奔騰的飛舞，好像是用整個肢體撞擊擂打巨大的鑼和鼓，但是鑼和鼓的聲音都沉著綿延，不是自誇的爆裂聲，不是刺耳的高分貝躁動，優人的飛舞像縱谷裡長長綿亙不斷的流雲，像金黃色翻飛到天邊的稻穗，像大山稜線起落自在的篤定，像川流不息豐沛的水聲盈耳，他們飛躍、旋轉、揮擊鼓槌，像在天地間指斥風的行走，他們叱吒風雲，卻如此靜定，像一尊一尊修行的羅漢，祥和慈眉，或怒目而視，卑苦剛毅，或厲色疾顏，領悟或糾纏，他們來這秋收的田野，也像一場大法會，要來與有緣無緣的過往眾生對話，擊打鑼鼓，敲響鼓聲，與山對話，與雲對話，與廣漠的天地對話。

秋收

優人離開了，十一月六日清晨六時，農田主人葉雲忠夫婦開著卡車來，迎接要到他們田裡體驗收割的雲門舞者。兩輛卡車，是用來裝稻穀的，四圍的隔板特別高，舞者研究高度，找到最容易爬上去的方法，在初升漸亮的日光中出發了。

葉雲忠夫婦的田，雲門以錄影方式記錄了兩年，將做為二〇一三年雲門四十周年紀念作品《稻禾》的創作元素。

張天助先生擔任割稻的講解，發給每一位舞者一只白手套，兩條黑布袖套，一把鐮刀，簡單講解了手的把握，站立蹲踞方式，下刀的力度，特別強調放下一束稻穗時的慎重，他說：「不要讓穀粒撒落地上——」

舞者開始割稻，白鷺鷥與燕子陸續飛來，在割稻後露出的田土間覓食昆蟲。

張天助也搬來四十年前打穀用的老式機器，放在收割後的稻埂田間，讓舞者學習如何一面腳踩踏板，轉動軸輪，一面將一束一束的稻穀放入軸輪，軸輪飛轉，穀粒四散飛揚。穀粒夾雜稻葉，就用籮篩在風裡揚簸，讓風吹去草葉雜質。

農村的經驗對年輕一代愈來愈陌生了，土地的勞動對年輕一代更是愈來愈陌生了。

在快速便利的交通完成後，許多高鐵高速公路不到的村鎮陸續被遺忘了。哪裡是崙背？哪裡是刺桐？哪裡是苑裡？瑞穗？後龍？銅鑼？

島嶼的地圖剩下幾個沒有差異的都會，以及沒有差異的生活方式。

島嶼的拼圖或許可以重新找回更小的點，三一九鄉，或者比三一九鄉更小的村落，像池上，找到最小的存在方式，找到最小的存在價值，找到被ＩＣ產業掩蓋的所有傳統基礎產業的存在價值（像池上的稻米），這會不會是島嶼重新拼圖的開始？我們聽了太多台北高雄的故事，其實也可以重新聽一聽池上。

從稻田間走回住處，一路跟認識的、不認識的人打招呼，幾名婦人在水圳邊搓洗衣物，水圳邊留出洗衣的方台，安置石刻的搓板，顯然是鼓勵用水圳的水洗衣服，「比較好——」婦人回答說：「自然的水軟，家裡水太硬，對身體衣物都不好——」小小村落存在的價值，或許可以提供高度依賴工業科技的都會一種全新的反省。

雲門舞者六小時收割完成，坐在田壟間吃米苔目，人手一束稻穗，合拍了秋收後歡欣的照片。

城市的記憶

走到安平，夕陽的光裡是熱帶潮濕帶鹹腥氣味的海風，光在連綿不斷的榕樹枝葉鬚根間明滅閃爍，鬚根接著老建築的磚塊，糾纏環繞，依靠牽連，自然的樹與人為的建築，相依相存，成為共生的風景。

台北

童年住在大龍峒，是當時台北市的西北邊緣。如果以台北火車站做中心，公車從這一中心點向四面八方行駛，大龍峒的「0北」與「2號」兩線公車都是終點站。

第一次跟母親到大龍峒，到終點站，下了車，母親帶我認識街名，蘭州街、庫倫街、酒泉街、哈密街，母親告訴我，是到了一個城市的大西北方向了。

當時剛遷台不久的國民政府，把一整個中國的版圖放進了台北市，街名的位置也就是中國城市的位置。

在大龍峒住到我二十五歲離開出國，我最早的城市記憶就是台北。

童年活動的地區是大龍峒，距離我家不到一分鐘有保安宮，每天從廟埕西側窄巷過，聞得到香爐煙火瀰漫，也聽到誦經呢喃。

保安宮廟埕長年演戲，歌仔戲、布袋戲都有，廟的東側隔著蘭州街是我讀書的大龍國小。

大龍國小隔街南邊就是孔子廟，廟裡有大榕樹，我們出學校大門，從孔廟後門就可以直進大成殿。許多學生下課都順路拜孔子，覺得對考試有幫助。

年齡再大一點，領域範圍擴大，以大龍峒為中心，向東北走三十分鐘，可以到圓山。圓山附近當時有動物園，也有基隆河邊的養鴨人家與製陶的作坊。基隆河上有通行火車的鐵橋，膽大一點的同學就會踩著鐵軌，過河到劍潭。

一直到小學四年級，對一個十歲的孩子而言，「遠征」的範圍，大概還在步行三十分鐘以內。

向西的極限就常常是淡水河中的社子島，一片荒蕪的沙洲，颱風過後，波濤滾滾，波濤裡夾著泥沙，也滾動著上游飄來的西瓜、冬瓜，或死豬的屍體。

同伴們常常坐在沙洲上看落日，落日的方向是觀音山，山峰輪廓是很秀美的觀音的眉眼口鼻。

五〇年代，學童多有寄生蟲，學校發了打蟲藥，放學時吃了，落日時分，我們相約一起野地大便。蹲在沙洲高處，褲子褪到腳踝，一排同年齡的孩子，比賽誰痾屎拉出來的蛔蟲比較多。

小學五年級，稍稍大一點了，隱約覺得城市的中心在往南的方向。開始沿著重慶北路向南探險，經過大同戲院，抬頭看畫工繪製新片看板。

如果岔到偏向西南一點的延平北路，就會走到大橋頭。

大橋頭嗡聚著打零工的工人、攤販，有一間專演歌仔戲的大橋戲院，戲劇結束前幾分鐘，會放人免費進場觀看「戲尾」，像是一種廣告吧。群眾多於此時湧入，小孩身量不高，擠在大人身後，看不見舞台，聽嗩吶叭叭吹響，也樂不可支。

大橋是灰色的鋼鐵梁柱結構，是我記憶裡最早的城市的標誌符號吧，有一種工業文明的壯大嚴謹。

過了大橋就是三重埔，已經不屬於當時的台北市了。我走到鐵橋上，看汽車呼呼駛過，聞到空氣中散發的辛熱汽油味道，有莫名的興奮。

那個年代還多牛車、人力車，汽車飛馳的汽油味混合塵土飛揚，也就是城市最初的快樂記憶嗎？

不知道為什麼後來拆了大橋，不知道那些如同艾菲爾鐵塔一般的鋼鐵梁柱拆除以後都廢棄丟擲到哪裡去了。

我意識到我的城市是一個記憶不斷被拆除的城市，城市的記憶不斷消失，也正是我青春期無端憂鬱歲月的開始吧。

小學畢業前，我步行的領域突破三十分鐘，到了後火車站附近的圓環。

許多吃食攤的各種氣味混雜著，麻油腰花的沉厚香油氣味，蚵仔煎平鍋騰起的蛋香與九層塔的清辛，混合著甜醬與一點貝類的鮮腥。

穿梭在圓環裡的每一個狹窄過道，火光熱氣蒸騰，我記憶著一個城市豐富的嗅覺氣味，魷魚的切花正在滾燙的沸水中捲起，鱔魚血紅的肚膛剛被濃郁醬味的芡糊裹滿，火光從大鐵鍋上衝起，照亮了廚師油光火紅冒著汗的大臉。

我還能記憶什麼？每次走到重慶、南京路口，我都清楚知道某一家的滷肉飯使人垂涎的位置，那位置像一個夢，然而，是被粗暴怪手摧毀破壞了的夢。

一個留不住記憶的城市，我站在街口，知道如果這個城市什麼都無法留住，我們的所謂繁華，也只是遲早會被粗暴無知徹底摧毀殆盡的一個不真實的夢而已吧。

越過中央戲院，太原路的盡頭，緊依後火車站，是早期城市的公娼或私娼寮。許多低矮簡陋的建築，門上貼著「良家婦女」幾個歪歪斜斜寫在紅紙上的字。許多批發的五金、布匹、木桶、鉛字鑄印，堆滿各種雜貨的鋪子，一間一間，滿足著一個小學即將畢業的孩子對各樣物質與行業的好奇心。

台北火車站遠遠矗立著，像是城市的水晶球，水晶球裡夢幻一般的童話城堡，轉動出各種奇幻的人生。

「噹！噹！」的聲音響起，平交道柵欄緩緩放下，紅燈閃爍，腳踏車、行人停下來，左右張望，看到火車遠遠駛來，嗚——嗚——的汽笛鳴叫，一陣風，捲起嗆烈的煤煙，撲頭撲臉，都是煤灰，然而大家都是快樂的，好像靠近火車站，就是靠近了童話故事的中心，我們的幸福都寄託在這城堡的尖塔上。

中學以後，學校的郊遊旅行都從火車站出發，許多人的約會與告別都在火車站。台語的流行歌裡一直流傳著〈離別月台票〉的滄桑旋律，那一條長長的月台，許多人相見，許多人告別，城市裡沒有一個空間每天上演著這麼多的人生故事。

當兵去南部，是清晨的火車，青澀的兵，靦腆地聽著母親叮嚀，手裡提著母親煮的茶葉蛋，提袋濕濕熱熱的，火車緩緩開動，又是那悠長像歎息的汽笛聲，長長的歎息，長長的月台，許多青年眼中愈來愈遠的許多母親的身影，交錯著許多年輕的兵往南方去的興奮與憂傷，火車站，一個城市最深沉的記憶又拆除掉了。

一九八六年，台北火車站拆除，我已經從巴黎回台灣十年了，站在一個城市廢棄的中心，我的童話世界結束了，我的記憶再一次被粗暴地摧毀。

這是一個留不住記憶的城市嗎？如果沒有記憶，我們今天引以為傲的文明與繁華會有任何意義嗎？

巴黎

巴黎十九世紀的奧塞火車站，不再是火車站了，但是沒有拆除。車站是一百年來巴黎許多人的記憶，在這裡相見，在這裡告別。因此「奧塞車站」重新整修，變裝成「奧塞美術館」，收存十九世紀印象派的繪畫、雕塑、家具、建築模型，保留了一整個時代的記憶。

一百年前，印象派的許多畫家背著畫架畫布，正是從這個車站的月台出發，到法國南方去尋找陽光裡的風景。車站月台上留著他們的足跡，留著他們繪畫自己時代的記憶。

月台變成了展示空間，車站大廳的巨大時鐘還在行走，記憶的時間，現在的時間，未來的時間，月台上的行人看著上一個世紀的城市的風景，一張一張靜止的時代記憶，城市記憶延續著，永遠不會、也不應該消失。

超過一百年的東京火車站經過整修，在二〇一二年重新開放，城市的記憶不斷累積成文明歷史的厚度深度。

然而，我的火車站到哪裡去了？誰拆除了我們的城市記憶？

站在城市不斷拆除記憶的廢墟上，我覺得自己像一個沒有魂魄的身體，做著一個沒有頭緒的夢。

巴黎的記憶被保留著，許多人在許多年後，重回巴黎，還能夠找回記憶。記憶都還在，才會使人一次又一次重回巴黎。

一些步行走過的窄小巷弄，方塊石磚鋪的地面，街角的咖啡的氣味，二手書店手工縫製皮封面的師父，頭髮白了，然而還在窗口映著陽光用針線納補書的裝禎，仍然抬起頭跟過路的行人說：日安。

城市可以這樣天長地久，記憶都還存在，讓人安心。

二十五歲在巴黎讀書，回台灣忙碌於工作，有一天疲倦了，已經五十歲了。一個夜晚，打電話到巴黎給剛去畫畫的學生，我說：「好想回巴黎畫畫。」學生說：「來啊——」

一個城市可以使人疲倦的時候想到她，一個城市可以讓人毫不猶豫地回去，那是一個懂得尊重記憶的城市嗎？

下了飛機，到了住處，一條牛仔褲，一件舊襯衫，抱一瓶紅酒，口袋插一冊詩集，坐在塞納河邊一整天，好像從來沒有離開過，二十五歲，一直坐在那裡，聽著河水，聽著每一小時準點教堂的鐘聲。

我沒有離開過嗎？朋友問我，為什麼回到巴黎畫畫？我想一想，好像不是「回到巴黎」，我說：「是回到我的二十五歲。」

畫室是馬房改的，屋頂高，有粗重的梁木，門上噴火怪獸的浮雕，據說是法蘭西斯一世的徽誌。

畫畫累了，走出大門，在聖米舍爾廣場看三三兩兩的青年，過街就是塞納河，往左是新橋，往右有海明威浪蕩時的莎士比亞書店，書店隔河是西堤島（Cité），島上矗立著聖母院，西面兩座高高鐘樓，是雨果《鐘樓怪人》小說背景。

所有的記憶都在，海明威如果回來，雨果如果回來，都找得到他們的記憶。

記憶像曾經握在愛人手中的一枚硬幣，掉在城市角落，找到的時候，還感覺得到愛人體溫。

夏日九點以後，西斜的夕陽會照亮兩座鐘樓高處，廣場一片晚照的光，地面上一個銅牌閃亮，銅牌上是阿拉伯數字的「0」，這是巴黎的「零座標」，地理上巴黎的中心，歷史上巴黎的起點，一千年來，從這個圓點一圈一圈向外圍擴大，十二世紀的巴黎，十三世紀的巴黎，十四世紀的巴黎，一直到十九世紀的巴黎，二十一世紀最外圍的巴黎，這一個兩百多萬人口的城市，像巨大的樹木，有一圈一圈的歷史年輪。

回到台北，我也想尋找我的城市的「零座標」，我想再一次認識我居住超過六十年的城市的地理與歷史的起點，細細重走一圈一圈的城市年輪。

夏日九點，夕陽的光都在城市高處了。穿過一個小廣場，大片建築上寫了一行一行的詩句，啊——是韓波（A. Rimbaud）的〈醉舟〉！

「整片牆，是誰寫的啊？」

一個婦人伸伸舌頭：「瘋子吧！」

這個城市有優雅的「瘋子」，坐在路邊看行人。要一片麵包，要一點紅酒，然後靠著豪宅大門睡著了。豪宅主人不悅，但是他想起古希臘的哲人，躺在陽光裡睡覺，亞歷山大帝走來請他做官，他睜開眼睛說：「請不要遮住我的陽光——」

巴黎或許一直做著奇異的夢，二十世紀一開始，畢卡索從西班牙來，不多久，常玉從中國來，藤田嗣治從日本來，莫迪格里安尼從義大利來，蘇丁（Soutine）從南俄羅斯來——巴黎不是法國人的巴黎，是世界的巴黎，鄧肯在這裡跳舞，蕭邦在這裡作曲，王爾德在這裡寫作，布紐爾在這裡拍電影，忘記他們的「祖國」，巴黎是他們做夢的原鄉。

台南

在巴黎畫畫累了，小巷裡Allard的橄欖鴨是犒賞自己的晚餐，秋後回台灣也會想念起台南的小吃。

水仙宮市場的小卷米粉、魠魠魚羹、羊肉湯，量都不大，可以一路吃下去。台南的朋友都有一張美食地圖，在法華寺看完潘麗水畫的門神，一定相約去水仙宮，美食與

繪畫好像是城市文化記憶軸線上的兩端。

巴黎的文化軸線從聖母院開始，筆直向西，沿塞納河，到羅浮宮，羅浮宮廣場有路易十四騎馬像，雕像與下面台座不平行，雕像指向小凱旋門，筆直向西，通過協和廣場的埃及方尖碑，筆直穿過整條香榭麗舍大道，通過大凱旋門，再向西，就是代表二十一世紀的「拉德芳斯」新科技的大拱門（grande arche），數十公里長，這是巴黎兩百年間完成的歷史文化軸線。

台南應該也有自己的城市「零座標」，台南應該也有自己引以自豪的城市文化軸線。海安路被切割了，拆除了記憶，然而城市的藝術工作者細心描繪，彷彿用針線補圖，一點一點重建城市記憶的藍圖。

走到安平，夕陽的光裡是熱帶潮濕帶鹹腥氣味的海風，光在連綿不斷的榕樹枝葉鬚根間明滅閃爍，鬚根接著老建築的磚塊，糾纏環繞，依靠牽連，自然的樹與人為的建築，相依相存，成為共生的風景。拆除了樹，建築無法獨立支持，拆除了建築，樹也無以獨立。

共生的價值或許是一個有歷史記憶的城市尋找文化軸線的起點吧。

安平古堡附近走一圈，有荷蘭人建立的地基遺址，有明鄭數十年的經營痕跡，有清代的防衛砲台，有沈葆禎憂心重重，在海權航行爭霸的年代，為島嶼寫下的四個大字——「億載金城」。是深長的祝福吧！文化軸線或許也會中斷，戛然而止，一個晚清大臣「億載」兩字最深切的祝福，卻使人不禁感傷了起來。

許多英商、德商的洋行重建了，在落日餘暉裡彷彿記憶著另一種文化軸線的延續綿延。赤崁樓、大天后宮，孔廟、武廟、永華宮，一個城市的記憶延續著，在文資中心葉石濤紀念館看娟秀的手稿，看《葫蘆巷春夢》迷離幽魅的上一個世代日本殖民下城市的諸多記憶。

我的台南記憶是一片深沉溫暖的紅牆，那一片紅，是世界上獨一無二的紅，是色彩，是溫度，也是歲月。

彷彿皇太子還坐在知事府邸八角樓一個面北的房間裡，望著窗外南國婆娑的樹影，無限深長地想著帝國的夢，他也感覺到「億載金城」四個字的滄桑嗎？某一個夜晚，在一家叫作「Mon Ga」的小店，喝著調酒，四圍窩著附近大學的青年，手中捧著《航海王》漫畫，櫥窗裡都是漫畫公仔，或許有一個世代的台南記憶在重新開啟，二十年後，重來的青年不再是青年了，他們也必然有自己的城市鄉愁吧。

寫給春分

我多麼喜歡沈葆楨在十九世紀來到這島嶼時寫下的句子——洪荒留此山川，做遺民世界。看盡熱鬧繁華，能從吵雜中出走，洪荒總會為一、兩個出走的人準備一片乾淨山川吧。

上次畫展是二〇一〇年的十一月。畫展之後，不到一個月，一場大病，動了心臟手術。病癒之後，長達半年的復健，一直到如今，每天依然被要求要走一萬步。

發病之前還去走了太魯閣錐麓大斷崖，在近一千公尺壁立的懸崖峭壁上行走，覺得有點暈眩，然而大山聳峙，立霧溪一路從峽谷間奔竄而來，被擠壓的大陸板塊，在島嶼東部嘯傲而起，像被激怒奮起嘶吼的生命。

從年輕時開始，就被這片山水震撼，愛上這片高山深谷，算一算，匆匆四、五十年就過去了。

台北故宮有許多我喜歡的畫，范寬的山如此中正不阿、挺拔大器。郭熙婉轉，畫裡都是早春的迷霧渲染。李唐用斧劈結構谿壑急流岸邊剛硬的岩石肌理。

好像那些大山還停在十一世紀、十二世紀，成為文明永恆的標記。

後來者重複著李唐的「斧劈皴」，郭熙的「捲雲皴」，范寬的「雨點皴」，漸漸地，人們只看見「皴」，不再看真實的大山，不再聽一線急瀑奔騰而下的驚人力量。

詩人指點江山，畫家也指點江山，他們指指點點，來的人就多了。

詩人走了，畫家也走了，江山前面擠滿了來看風景的人，然而，江山裡人一多，擠滿了人，也就看不見風景了。

我去了黃山，去了華山，一路上看到歷朝歷代的題詠，密密麻麻，都刻在石壁上，讚歎風景，歌詠風景，但是，太多文人題記，也遮蔽了好山水，江山仍在，卻都是成見，看不見風景了。

太魯閣立霧溪是年輕的山川，他們還沒有太多詩人畫家的題記歌詠，他們年輕、單純，還沒有變成概念，還沒有「皴法」，所以，走在那洪荒的風景中，可以與江山素面相見，彼此都沒有心機成見。

好山水，或許是還沒有詩人畫家指點過的江山吧。名山大嶽歸來，還是只想走一走太魯閣僻靜的山路。

我多麼喜歡沈葆楨在十九世紀來到這島嶼時寫下的句子——「洪荒留此山川，做遺民世界。」

看盡熱鬧繁華，能從吵雜中出走，洪荒總會為一、兩個出走的人準備一片乾淨山川吧。

年輕時候走過的一條路，曾經在路上狂歌酣醉，在愛恨糾纏裡涕淚滿襟。走到峰迴路轉，走到水窮之處，走到迷霧矇矓，走到月升到峽谷中線，月光清澈明晃，我想歌聲的高音或許可以和此時山川對話，峽谷裡月光如水，然而有人哽咽，有更年輕的聲音跟我說：「老師，我畫不出這樣的山水。」

多年來一直記得月光下那年輕的容顏，他知道「美術」不是「皴法」，美不是「技術」，美使他劇痛，美使他熱淚盈眶，美使他懂得謙卑。

美，是生命的功課。

一九八四年後，動念畫這一片洪荒中的山川。故宮的宋元皴法都用不上，太魯閣不純然是斧劈，不是捲雲，也不是擅長表現土質丘陵的披麻皴法。

背負了太多過去的成見，「水墨」走到絕境了嗎？

我嘗試在紙上拉很多墨線，扭曲糾纏的線，被擠壓的力量逼迫著的線，在壓迫中向上升起的線。

那或許不是皴法，而是我記憶裡島嶼在板塊擠壓下頑強的生命力度，不甘屈服，不甘妥協，嘯傲升起，或是徹底崩潰毀滅。

每次大雨都有山崩地裂，巨石從天而降，泥流滾滾。

洪荒留此山川，是給來這裡的生命嚴峻的考試嗎？

我遊走在洪荒的島嶼，立春，驚蟄，所有蟄伏的生命都在沉埋的土中蛹動，牠們要甦醒復活了。

春分前後，大約清晨五點零六分，太陽從淡水河面升起。我準備出門走路，沿著淡水河岸，看河面上初露曙光，一片一片波光。走一萬步，剛好到也在河岸渡船頭的畫室。

在畫室讀經，磨墨，寫當天河邊看到的景象——春分前，苦楝陸續開花了，一片溶溶粉紫，像是紫色的霧，清淡到不容易覺察。

沿河岸邊有原生的紅樹水筆仔，已經蔓延成林，白鷺鷥棲息樹梢，一動不動，凝視著一波一波漲起的潮水。黃槿也是河海交界的原生植物，耐旱，耐鹹，可以在惡劣的環境生長。黃槿一年四季開花，花有小碗口大，嫩黃花瓣，豔紫色濃鬱蕊芯，華麗貴

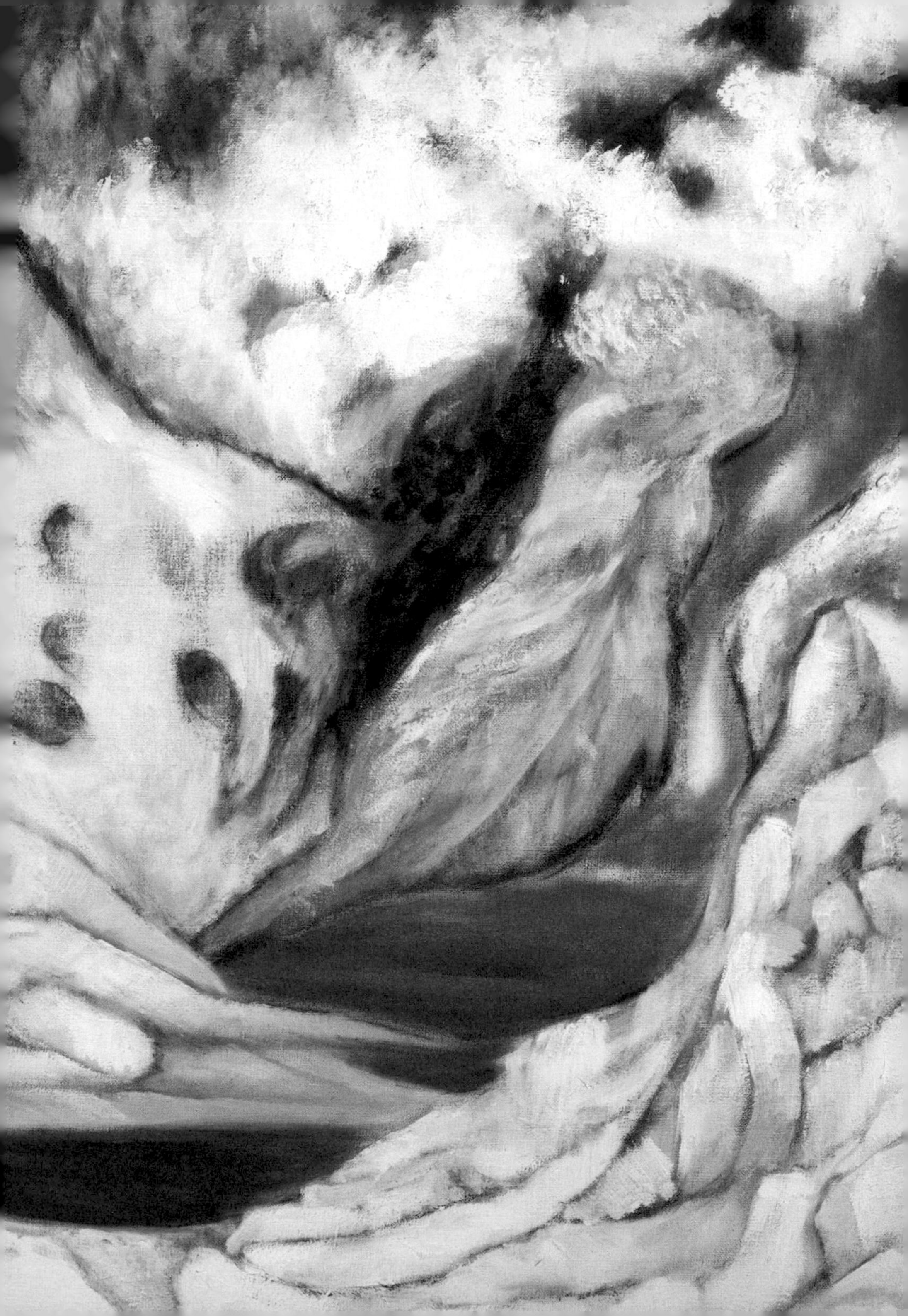

蔣勳 2013

氣的色彩，不像是貧瘠嫌苦土地上開出的花。掉在地上的黃槿，我總拾起一兩朵，帶到畫室，放在案前，陪伴我磨墨寫字。

磨墨寫字，算是早課吧，也不刻意以為是書法。

畫室裡陪伴我的好像總是巴哈，有時候是薩帝。他們的音樂都不太打擾人，可以若有若無。

每到春分，河谷間雲霧繚亂湧動，彷彿紫黑石硯上一層滲水散開的松煙。

有時河口落日明滅變換，無端使我想起柴山西子灣看過的一個夏至，也是這樣如火綻放的鳳凰花，紅花與落日燦爛鮮豔到讓人心痛。夏日最後山林間突然響起整山晚蟬的聲音，高亢激昂，會讓人停了工作，聆聽那肺腑深處一聲一聲的嘶叫，在歲月盡頭，仍然毫不疲軟萎弱。

如果是過了立秋，還是想再去一次東部大山，在立霧溪峽谷支流塔次基里溪的步道漫步。晚雲低垂凝鍊，大山沉靜，溪流深壑，蜿蜒而去，幾世幾劫，巨石岩壑這樣糾纏，總有因果吧。

是我與這島嶼的因果嗎？

然而，白露為霜，走在山路上看山看水，山水，有時候好像只是空白裡一點牽連，若有若無。用水墨記憶渲染，用油彩勾勒塗抹，或許都只是無可奈何卻總也不肯放棄的努力吧。

「無可奈何花落去——」眷戀過歲月，也都知道歲月無關，是留也留不住的。

三年了，可以記憶和可以遺忘的，其實都不只這些，如果叫做畫展，除了詩句，墨痕，色相斑斕，其他，真的也不想再說什麼。

——二〇一三年春分

編後記

帶著金剛經的旅行

許悔之

泰北清邁山區，水氣飽滿略涼，從夢中醒來，披衣走入夜色中，抽菸。

若有想，非有想，我心中浮現了一些句子：

壁虎在唱歌
披衣而起
沾了衣，鞋底也露濕
無意而得的夢，三兩個
有心照亮人間的
星星有七八顆

夜空中，壁虎真的在唱歌；空中疏星隱約，我覺得是有心要照亮人間；天地有諸般聲響、各種生命正在運行。我是誰？我像一個與諸世間若有關連又不相干的人，夜觀星空，覺得無比虛空並且孤獨。瞬即明白，自己早已無法棄聖絕智，用純然的本心去應對種種境、種種色。

就像白日裡，右遶無夢寺的大塔而行，大聲的唸著六字大明咒；一圈，兩圈，三圈，走到心靜了，就忘聞了寺裡的鳥叫雞鳴、人語風聲；我以為，自己的腳步在哪裡，心就在哪裡。

直到赤足之我，踩到了一大片乾枯的落葉，瞬間，枯葉所有裂解的過程，清清楚楚，明明白白；我想起在法鼓山禪三時的經驗，有幾個片刻，感受到身與心合一時那難以言說的輕安。

枯葉裂解的聲音，次第分明，宛若地裂天崩。

我會聽到，因為那個時刻，我放棄、放掉了「我以為」。

我是跟隨蔣勳老師的文章而來清邁「無夢寺」。

近兩年，在《聯合報》副刊讀了蔣勳老師好幾篇文章，內容或與古老佛寺、或與《金剛經》相關。其中一篇，是寫泰國清邁的無夢寺，讀報的那天，我就許下一願，定當去無夢寺一趟，為我自己心中的一願遶塔。另外一篇，蔣老師寫日本京都永觀堂，當日看到報紙上的文章，我就哭了。

不是垂淚，是發出聲音的哭泣。

這兩篇文章那麼震動我的原因之一，是文章中炯炯而現前的，柔軟心。

長年做為一個編輯，如今做為出版人，我認識蔣老師很早，那是二十多年前的事。遠在識得他之前，他寫的書，我也熟之。這二十多年來，因著編輯的工作，總有一些因緣與蔣老師見面；讚歎他書寫中的博知、貫通與文采之外，我總還有一些感覺想不清楚、說不出來。

二〇〇三年的深冬到二〇〇四年初春，是我第一次比較完整的感知。

那是我此生最困頓的一段時日，我正經歷一次身心大死的可能。整個冬日，我抄經過日，幾乎吃不下任何東西。

初春時分，蔣老師沒有事先告知，突然來到我彼時工作的辦公室。

他走進我的辦公室，沒有說話，給了我一個深深的擁抱，然後留下一紙畫仙板，上面寫著楞嚴經句。

「佛說如此知肉身艱難，悔之珍重」，他在其上題記。

十年來，這畫仙板都掛在家中最明顯的地方，我有時一日見之數十回，或百回呢，不知道；有時就只是過眼了，知道，人間有著祝福。

我到無夢寺，心中有著一願。

所以就來了。

也沒多去哪裡，就是睡醒了，去看蔣老師文章裡提到的那些在時間中殘損而依然微笑的佛像，去遶塔。

蔣老師當時去無夢寺，曾用手機傳來若干無夢寺的照片，包括那些佛像，當時我非常震動。甚至想到，這些怡然自在而微笑的佛像，多麼像佛之化身在說法啊！

夜裡的聲響是一種微妙的震動，壁虎在唱歌。我想著夜前，一隻麒麟尾的流浪母貓，帶著兩隻小貓，在我跟前，在我身旁。我沒有食物可以給牠們，所以就為牠們唸六字大明咒。母貓安安靜靜地蹲坐，良久，眼睛定定地看著我。不知道是牠溫柔，還是我的心溫柔，我就完全無法自制地，想哭。

但這一次，我並沒有哭出來。我知道這次的無夢寺之旅，是我的功課：要學習悲心，但不悲哀；要心中有情，但不牽掛。

那母貓安靜自在的眼神，彷彿看穿了我的脆弱，而在安慰我吧。

我的心，如果此生真的學會了一點點柔軟，想必，定是蔣老師教會我的。就像夜裡和三隻貓的緣會，應該是生生世世的因緣而有之吧。

溷跡台北多年，塵世不免恩怨，你不怨人，亦或有人怨之。以前每次念經、遶塔，普皆回向時，我總沒辦法為三個人祝福；這一次，我終於可以放下罣礙，為這三個其實因為我自罣礙而罣礙我的人，回向祝福了。

這是因為追隨蔣老師而來無夢寺，我學會的另一功課吧。

二〇一〇年十二月十八日，蔣老師急性心肌梗塞，急救順利，之後他的復健中，我有西藏之行，行前我簡訊跟他說，自己要去西藏了。蔣老師用簡訊回答我：請代我在大昭寺前合十。

在西藏拉薩的大昭寺前，我為蔣老師合十祈願，願諸佛菩薩慈眼慈力，蔣老師身體康健；然後，我為母親求，為家人好友求，為工作夥伴求，為生活中的因緣者求，我一一唸出名字，為他們向佛菩薩求。但怎麼唸得完呢？又怎麼會沒有遺漏呢？我充滿了惶恐，深怕漏了名字，我急得欲死，我一直喃喃地唸，彷彿唸到了有一劫、一劫餘那麼的久！唸到心中浮現一句：

「願眾生離苦得樂。」

蔣老師交代我的，是代他合掌，禮敬諸佛菩薩。他並沒有要我為他祈求諸佛菩薩，是我自己想為他求。

那是我生命中，第一次比較深刻的感受：清淨，平等，廣大！

「若是為人，即是為己。如來說，眾生非眾生，是名眾生！」

「如來說微塵非微塵，是名微塵；如來說世界非世界，是名世界。」《金剛經》中，佛說如此。

《金剛經》中，佛陀說：「善男子，善女人！」

想必有一世，佛也對蔣老師說：「善男子！」我跟隨著他的一篇文章，來到無夢寺，看見一座五、六百年的南傳佛教的古老寺院，參天大樹下，有一園子，園中放有許多被棄置的佛像，僧人收來，放在這裡，任憑風吹日曬雨淋，有些長滿了青苔。佛像的手，依舊安然；佛的嘴角，不改微笑。園裡蝴蝶蜻蜓飛來飛去，公雞昂首踱步，母雞攜雛覓食，偶有鳥雀停在佛像上，又飛走。

在這美麗之中，蚊子非常的多，像是在提醒我：不起分別。

「煩惱泥中，乃有眾生起佛法耳。」

我待得愈久，蚊子就叮咬愈多；初是心煩，專心看微笑的佛，久一些，就自然而然忘了癢腫。

我沒有帶蔣老師的文章來清邁，也未帶著《金剛經》到園中，然而，這一切都在我心中。金剛（鑽石）能斷一切，唯心能斷金剛。

在踩碎枯葉的遶塔經行後，我坐在塔邊；寺裡有兩位年輕的比丘來遶塔，一位當地女子跪於塔前，衷心祈願後，也慢慢遶塔。每次他們繞行過我，我都覺得久遠劫前，曾經相識，經歷時間久遠，然後忘了；他們的步履輕安無比，難以言說，讓我想到《金剛經》的開頭。

佛陀餓了，他著衣，持鉢，帶著僧團走入舍衛城中，平等、無差別地一家一戶乞食。

看著遶塔的僧人、遶塔的女子，我彷彿打開了一部《金剛經》。

塔旁，日照熾然，但仍有風吹，風吹著原上之草，多像我那不知如何降伏的心啊。

我起步，決定再走回到園中，再多看那些佛像，向每一尊佛像合掌。

我忽然覺得此生，其實我並不認識蔣老師；我只是一名讀者、一名眾生，憑著一篇文章，來到了無夢寺。

（二〇一四）

攝影／許悔之・無夢寺大塔旁草地

2014年一個日常的春天早晨，陽光燦爛，河水清明

蔣勳在八里住所念誦《金剛經》，用簡易器材錄音而成

捨得，捨不得 —— 帶著金剛經旅行

文字 · 攝影 · 書法——蔣勳

藝術指導——黃惠美 · 郭旭原 · 郭思敏
圖片提供——林懷民（248）、蘇彬堯（155）、林煜幃（36, 283, 291）、
圖片提供——王潭深（32）、Marie-Lan Nguyen/wikimedia commons（214）
責任編輯——林煜幃
美術設計——洪于凱

發行人兼社長—許悔之
總編輯——林煜幃
副總編輯——施彥如
執行主編——魏于婷
美術主編——吳佳璘
行政專員——陳芃妤

藝術總監——黃寶萍
策略顧問——黃惠美 · 郭旭原
郭思敏 · 郭孟君
顧問——施昇輝 · 林志隆 · 張佳雯
法律顧問——國際通商法律事務所
邵瓊慧律師

出版——有鹿文化事業有限公司｜台北市大安區信義路三段106號10樓之4
T. 02-2700-8388 ｜ F. 02-2700-8178 ｜ www.uniqueroute.com
M. service@uniqueroute.com

製版印刷——鴻霖印刷傳媒股份有線公司

總經銷——紅螞蟻圖書有限公司｜台北市內湖區舊宗路二段121巷19號
T. 02-2795-3656 ｜ F. 02-2795-4100 ｜ www.e-redant.com

ISBN——978-986-6281-86-0
初版——2014年11月
初版第四十次印行2024年2月1日

定價——380元

捨得捨不得—— 帶著金剛經旅行 / 蔣勳著 —初版．— 臺北市：有鹿文化，2014.11．面；（看世界的方法；075）
ISBN 978-986-6281-86-0（平裝）
855 ············ 103020312